Liturgia do fim

Marilia Arnaud
Liturgia do fim

TORDSILHAS

Copyright © 2016 Marilia Arnaud
Copyright desta edição © 2016 Tordesilhas

Todos os direitos reservados. Nenhuma parte desta edição pode ser utilizada ou reproduzida – em qualquer meio ou forma, seja mecânico ou eletrônico –, nem apropriada ou estocada em sistema de banco de dados, sem a expressa autorização da editora.

O texto deste livro foi fixado conforme o acordo ortográfico vigente no Brasil desde 1º de janeiro de 2009.

PREPARAÇÃO Fátima Couto
REVISÃO Silvana Salerno, Rosi Ribeiro Melo
CAPA Andrea Vilela de Almeida
PROJETO GRÁFICO Kiko Farkas e Thiago Lacaz/Máquina Estúdio

1ª edição, 2016

Dados Internacionais de Catalogação na Publicação (CIP)
(Câmara Brasileira do Livro, SP, Brasil)

Arnaud, Marilia
　　Liturgia do fim / Marilia Arnaud. – São Paulo : Tordesilhas, 2016.

　　ISBN 978-85-8419-043-0

　　1. Ficção brasileira I. Título.

16-03124   CDD-869.3

Índice para catálogo sistemático:
1. Ficção : Literatura brasileira 869.3

2016
Tordesilhas é um selo da Alaúde Editorial Ltda.
Avenida Paulista, 1337, conjunto 11
01311-200 – São Paulo – SP
www.tordesilhaslivros.com.br

 /Tordesilhas

Liturgia do fim

*Para Anabela Cyrillo,
Myriam Gadelha e Vera Gomes.*

"Dá-me as penas para eu escrever minha vida
tão igual à da ave em que me vejo
mais do que me vejo em ti, meu pai."

Jorge de Lima

1

Começo pelo dia em que saí de casa. À medida que o ônibus se afastava do lugarejo, a massa verde-escura, recortada contra o céu de anil, ia se dissolvendo lentamente numa bruma de poeira e olhos marejados, minha vida a se despregar de mim, a se desmanchar no vazio. Num estupor de animal dessangrado, órfão de mim mesmo, eu estava lá e não estava, e embora a manhã espanejasse a plumagem de luz sobre todas as coisas, eram as asas da noite que se estendiam por cima de Perdição.

Passageiro de um dia interminável, viajei por quase dez horas ao lado de uma mulher de cheiro acre que a cada solavanco pendia sua magreza inteira para o meu lado. Nas subidas, o motor roncava, e a fumaça do escapamento invadia o ônibus, sem que eu pudesse fechar a janela com a mulher a tossir e se assoar e escarrar violentamente num lenço de tecido que guardava entre os seios. Aos engulhos, punha a cabeça para fora e inspirava um ar quente que me varria o rosto e me inundava, lavando-me o estômago.

A paisagem, ora erma e desértica, por toda parte árvores nuas e leitos secos de rios, ora verdejante e tarjada de serpes d'água, de alvuras de casas e rebanhos, ia me entrando pelo olhar inocente. Até aquele dia, tudo que eu conhecia do mundo estava num raio de vinte a trinta quilômetros em torno de Perdição.

Já era noite quando o ônibus entrou na cidade onde eu iria passar os próximos trinta e poucos anos da minha vida. Instalei-me no centro, numa pensão de estudantes arranjada por algum conhecido de mamãe, e durante um tempo sem horas não deixei a cama. Suspenso entre um sono que não vingava e uma vigília em sombras, podia sentir na pele o calor do sol que entrava pela janela, o suor nos lençóis, a secura na boca, e escutar um zunido de vida acordada, risos e vozes masculinas, arrastar de pés, sons encobertos que podiam ser de portas se abrindo ou se fechando, a litania de um locutor de rádio, e depois uns ruídos tênues, não identificados, e o calor dava lugar a um bafejo de lua no meio do céu, e mais tudo outra vez, num estado de transe, como se a realidade que me cercava não existisse de todo, ou eu não existisse plenamente, tudo metade real, metade falso.

Uma parte de mim agradava-se daquela imobilidade, daquele vácuo, a dor aquietada em algum espaço indeterminado, em mim e separada de mim, dura e fria como um bloco de gelo, e eu poderia permanecer assim o resto da vida, não fosse a outra parte, a mais profunda, a do animal arbitrário a arder em fome e sede, a rugir pelo exercício da sua existência. Tenaz e impositiva, em mim a vida não se atenuava, e contra minha vontade não cerrava os olhos, não cessava de fluir em minhas artérias, de latejar em minha carne.

Numa manhã a fome empurrou-me barbado e meio cambaleante para a rua, e os ponteiros do tempo voltaram a se movimentar, e eu voltei a sentir que existia, a brancura do mundo lá fora a se despejar sobre mim com toda a força, chacoalhando-me, limpando-me os olhos do retiramento.

Casas, prédios de escritórios, praças sombreadas por oitizeiros e veladas por heróis de bronze, sobrados escuros de abandono, com suas fachadas de arabescos e sacadas de gradis de ferro, ruas de pedras rasgadas por serpentes de ferro, calçadas entapetadas das róseas flores dos jambeiros e das sementes de olho-de-pavão, bancas de revista, vitrines, sinais luminosos, carros, e por toda parte olhos que me viam sem me ver.

De uma balaustrada na parte alta da cidade avistavam-se um rio e um porto desguarnecido de barcos, igrejas com seus cruzeiros quinhentistas ornados de gárgulas, o pátio interno de um mosteiro com seu jardim de fontes e bancos de pedra, uma lagoa cingida por palmeiras-imperiais que varriam um céu de nenhuma nuvem. Em algum lugar o mar me aguardava.

Foi a cidade, com seus olhos de água e garras felpudas de luz, com sua pele amanhecida, recendente a pão e jasmim, que me rebocou para dentro da vida, uma vida que eu não queria minha, que eu negava até o último segundo antes de cair no sono, e negava ainda ao acordar, e seguia negando e renegando, enquanto caminhava ao acaso, horas e horas em meio ao alarido de vendedores, cantilena de pedintes, música, buzinas, roncos de escape.

Uma vida que urgia em meu corpo como um filho no ventre de uma mulher.

Mamãe demorou algum tempo para vir. Antes disso, ao final de cada mês, enviava-me uma importância para minhas despesas básicas, praticamente todo o salário que recebia como professora municipal, além de me escrever regularmente, uma vez por semana. As cartas, que nada contavam de Perdição, diziam-me da sua lembrança e saudade, do seu arrimo, estou aqui, filho, não te esqueci, guardo em mim o melhor afeto, em ti, grandes esperanças.

Ocorria-me às vezes que papai pudesse impedi-la de me reencontrar, o que teria sido fácil, considerando o domínio que mantinha sobre ela. Nunca cheguei a lhe perguntar como conseguira impor seu desejo, em que lugar de sua alma fora apanhar a firmeza para se pronunciar e desafiá-lo, não, Joaquim, desta vez não serei fiel aos teus caprichos, não obedecerei à tua lei tirana, desta vez só ouvirei o meu coração, e o meu coração exige que eu esteja ao lado do meu filho.

Ausentar-se, mesmo que por alguns dias, largar a rotina familiar e doméstica de cuidar e servir a qualquer hora do dia ou da noite, primeiro a papai, depois aos outros – em sonhos mamãe continua me oferecendo comida, agasalho, coisas de todo tipo, quer isso, Inácio, quer aquilo? –, era um voo alto demais para ela, o mais alto da sua vida, que se limitava a Perdição e arrabaldes, a escola rural onde dava aulas e o lugarejo ao pé da serra, que mais tarde viria a ser chamado de cidade, e que ela visitava em dias de pagamento, de festas religiosas, aos domingos para as missas e visitas aos parentes e, eventualmente, aos sábados, para algumas compras.

Quando jovem, tinha a esperança de que algum dia ela pudesse se rebelar contra aquela realidade, especialmente a que incluía papai – por que te rendes às vontades dele, mãe, por que o adulas, por quê?, e ela, arreliada, ora, Inácio, é meu marido!

Tirava-lhe os sapatos, lavava os pés imundos e calosos numa bacia com água morna e vinagre, lixava os calcanhares rachados com pedra-pomes, cortava-lhe as unhas duras, verdadeiros cascos apodrecidos de fungos, massageava-lhe os ombros e o couro cabeludo, cobria-o com uma manta, ajustando-a meticulosamente entre o corpo e a poltrona para evitar que algum fio de friagem o apanhasse em noites de novenas, buscava-lhe o copo d'água e a xícara de café.

Indignava-me de que naquela reverência a papai e devoção à família vivesse esquecida de si mesma – somente depois que deixávamos a mesa, e só depois que levava o prato de tia Florinda no sótão, é que mamãe ia preparar o seu e comer na cozinha com Damiana –, que se contentasse com o que eu julgava insignificante, silos abarrotados de feijão e milho, animais para engordar e dar cria, filhos saudáveis, crianças para alfabetizar, o marido para decidir as coisas mundanas e mais ou menos miúdas, e Deus, lá do alto, para comandar as maiores.

Era com resignação e bom humor, com uma quase pureza, que mamãe acolhia aquela existência, o que não tem remédio, meu filho, remediado está, que seja feita a vontade de Deus. Nem a rotina massacrante, somada às palavras e desejos sufocados ao longo dos anos, foi bastante para desiludi-la, endurecê-la ou torná-la invisível. Aceitava o que lhe era oferecido pelo dia a dia mais raso sem se entristecer nem se lamentar – só a vi baquear quando a vida e a morte lhe tomaram os filhos.

Tinha o olhar de criança, a capacidade de se maravilhar com as coisas mais corriqueiras, de modo que as contrariedades com o temperamento colérico, o gênio despótico do marido, a impossibilidade de realizar um ou outro desejo dos filhos, conquanto o muito que desejássemos fosse tão pouco, algum próprio e inconfessável querer, até mesmo os sonhos possíveis, como a reforma da casa, tudo acabava se desvanecendo no ramerrão consentido.

Quem poderia desmentir a verdade, a terna exatidão em cada gesto do seu cotidiano? Qual o sentido de se insurgir contra hábitos que já haviam se incorporado ao seu ser? O que faria da vida se não mais pudesse conferir os ovos e as chocadas de suas aves, o tempo de coagulação do leite para a coalhada e o queijo, se fosse empatada de bater a nata até ela se transformar em manteiga, de debulhar o milho e o feijão, catar o arroz do almoço, descascar e picar verduras, cortar, pilar, moer e temperar carnes, colher uns tomates, umas pimentas dedo-de-moça, uma haste de coentro, de cebolinha ou hortelã na horta arranjada por ela mesma em gamelas cercadas atrás da casa?

Que restaria a mamãe se tivesse de abrir mão daquele afã, mais desfastio do que lida, de andar meio acocorada para lá e para cá entre as galinhas que corriam espavoridas no quintal, num burburinho de asas, bicos, cristas e cacarejos, enquanto ia espalhando grãos de milho e entoando um ti-ti-ti repetido e encantatório, até saltar sobre uma mais desprevenida e, agarrando-a pelas asas, numa agilidade de menina – uma menina de barriga frouxa e pernas cobertas de varizes –, segurar-lhe a cabeça e meter-lhe a faca no pescoço trêmulo, para em seguida bater continuadamente com um garfo o sangue que ia espirrando no prato fundo molhado com vinagre? No almoço teríamos frango à cabidela, e nosso apetite à mesa, que ela estimulava com sorrisos e olhares de aprovação, entre outros agrados que não descuidava de prover, justificava a canseira e os curtos pesares, que se desmanchavam com os lampejos da aurora e o arrulhado das rolinhas-cascavel, com a nitidez de todas as coisas de que se fazia seu ordenado mundo.

Mais tarde, afastado do seu convívio, passei a enxergar uma sabedoria onde eu imaginava existir apenas cansaço e conformação. Se a vida era para ser vivida puramente, já que dela não se tinha o controle – o homem põe e Deus dispõe –, então, mamãe apegava-se a isso, a viver o que a vida lhe demandava, fazendo o que tinha de ser feito, sem disposição para se aprofundar nos mistérios do existir, em porquês, cujas respostas, se existissem, escapavam a toda ciência, filosofia, religião, aos pensadores mais dotados de saberes, sem tempo para se dar importância, para se indagar sobre seu destino de servidão, uma servidão que lhe parecia estar em todo canto, e que brotava da terra, da sua boca, do seu sexo.

Ia me ver com alguma regularidade, três a quatro vezes por ano. Tão logo me casei, suas visitas escassearam. Envolvido com a literatura e as obrigações acadêmicas, não me sobrava muito tempo para estar com ela. Ieda desdobrava-se em agradar à sogra, em arranjar as coisas ao seu gosto, na tentativa não de criar uma intimidade, que requeria tempo e entrega, mas ao menos uma proximidade, que mamãe não lhe concedia. Convidava-a para um passeio, uma compra, um lanche, um cinema, e ela, valendo-se de alguma desculpa, escapulia para o quarto, onde se entocava com seu *Adoremus*. Não se dando por vencida, Ieda comprava-lhe um par de sapatos, e ela, oh, minha filha, aonde vou com esses pés rachados metidos em sapatos tão finos? Levava-lhe um doce e ela recusava, ainda que a recusa viesse envolta num sorriso, pois não é que depois de velha fiquei diabética, menina? Arrumava na mesinha ao lado da cama uma bandeja com peras, ameixas e maçãs da melhor qualidade, para que não tivesse que deixar o quarto caso sentisse fome tarde da noite, e mamãe não tocava em nada, porque fruta de manhã é ouro, de tarde é prata, de noite mata.

Dizia-me tão fidalga, tua mulher, Inácio, e seguia reservada e parcimoniosa com as palavras dirigidas a Ieda, que acreditava estar lidando com uma mulher possessiva e enciumada. Eu não atribuía a ciúmes aquele comportamento de mamãe, que me parecia de natureza desprendida. Sobre o que ela poderia conversar com Ieda, que, não obstante se empenhasse em cativá-la, em trazê-la para junto de si, não sabia como fazer uma galinha sair do choco, livrá-la de um ovo virado, tratar-lhe o gogo ou a bouba, que ignorava qual a peça e o corte, a quantidade de sal, o tempo de exposição ao sol para se preparar uma carne, que não acreditava ser de mau agouro deixar chinelo emborcado e tesoura aberta, que absolutamente se importava que o anjo da guarda de Isabel se ofendesse por ela andar despida pela casa, que desconhecia o homem com quem se casara, único elo entre elas?

Ieda preocupava-se com a presença de mamãe na cozinha, que, depois do quarto, onde devia se enfastiar do tempo ocioso, era o lugar da casa onde se sentia à vontade, a lavar louça, lustrar panelas, a dar palpites e sugerir mudanças na feitura dos pratos, aborrecendo a moça que limpava o apartamento e preparava nossas refeições, e que, embora a tratasse com respeito e tolerasse em silêncio suas intromissões, em algum tempo poderia se cansar e nos deixar na mão.

E ainda se exasperava que às escondidas mamãe ensinasse Isabel a rezar, e lhe contasse de Jesus e seu sofrimento em nosso proveito, de Deus e da criação do mundo, de Adão, Eva e da serpente, do céu, purgatório e inferno, incutindo na menina a noção de pecado e a veneração por mitos cristãos – descobrira pequenos cartões com imagens de santos e anjos que Isabel, em conluio amoroso com a avó, guardava em seu quarto, no fundo de uma gaveta. Então, após alguns poucos e tensos dias em nossa companhia, mamãe retornava a Perdição numa animação que mal conseguia disfarçar.

Quando Ieda ainda não existia em minha vida, costumávamos fazer longos passeios pela praia, afundando na areia dourada os pés descalços, lambidos de espuma, sentindo na pele a calidez do sol, escutando o estrugir monótono do quebrar das ondas. Caminhávamos devagar até a grande curva, onde uma ponta de terra avançava para o mar e um farol lhe coroava a borda, uma área de pedras descobertas pela maré baixa, que ela apreciava particularmente. Em sentido contrário, alcançávamos o píer. Pequenos barcos atracados oscilavam levemente, as velas coloridas a refulgir à luz do dia, e mais adiante homens crestados de sol e sal, as pernas das calças arregaçadas até os joelhos, puxavam e sacudiam as redes manchadas de sargaços, algas, estrelas-do-mar e escamas de prata. Jogados nos balaios, os peixes espinoteavam como se fossem de molas, as guelras convulsas, as bocas abertas para o nada.

Sentávamos na areia seca, uma eternidade diante do mar, hipnotizados pela visão das torres de espuma, dos navios na linha do horizonte, vultos de peixes acima das cristas, gaivotas solitárias. Nosso silêncio, rompido de quando em quando pelo baque das ondas e pelo grito das aves marinhas, ia desdobrando seus tentáculos e forçando uma passagem por dentro de mim, as ventosas a se grudar em meu peito, uma massa a me estrangular.

Às vezes, e sempre evitando abeirar-se da dor, mamãe falava da vida em Perdição, mas sem pronunciar nomes, como se as pessoas que os carregassem nunca tivessem existido, como se soubesse o que não poderia saber. Saberia? Saberia ao menos que, distante de Perdição, seu filho se encontrava em lugar nenhum?

Para não a atormentar, aprendi a engolir a tempo as indagações, a me valer das palavras autorizadas, banhadas de luz, ancoradas em nossos breves sonhos, o que era de todo inútil, porquanto as palavras interditas, cobertas do sal da nossa memória, rumorejavam nas conchas, nas entranhas das rochas, nos recifes de corais, na solidão das fragatas naufragadas – nunca nos livraríamos do passado.

Numa única ocasião, a primeira em que veio me visitar, arrisquei, mãe, preciso saber o que aconteceu depois que saí de Perdição. Balançou a cabeça com veemência, negando, e uma expressão sofrida lhe ensombrou o rosto. Calei-me. Alguns meses depois, quando voltou, já não havia o que lhe perguntar.

Raramente me ligava. Nunca àquela hora da manhã. Fui acordado com alguém me chamando à porta do quarto. Vesti-me rapidamente e fui atender ao telefone. Na véspera, sonhara que meus dentes despencavam e desapareciam pelo ralo de um lavatório, e a sensação angustiante de boca vazia e fatalidade anunciada perdurara o dia inteiro.

Mãe? Atropeladas pelo choro, as palavras de desespero não se ordenavam em sua boca, até que um sentido, a princípio inimaginável, foi ganhando forma e, áspero, contundente, arremeteu-se contra mim e me fez desabar. Maldito pai! Veneno de aguilhões por todo o corpo, talho fundo na alma, morri naquele instante, naquela manhã, e segui morrendo, dia a dia, hora a hora, minuto a minuto, segundo a segundo, até hoje, até agora, quando morro ainda, o ar rarefeito, o peito esbagaçado por patas disparadas de pampas e alazões.

Foram dias quase insuportáveis os que se seguiram ao telefonema de mamãe. O tempo arrastava-se num cortejo opressivo, irreal. Uma dor me varava o corpo numa intensidade de rio na cheia, uma enxurrada de imagens a se precipitar sobre os lajeiros de Perdição, devastando os campos de flores da minha infância, solapando a casa paterna, pedra por pedra dos meus sonhos.

Uma febre me prostrou no leito, e, aos cuidados de qualquer um e de ninguém, dormi e delirei por mais de uma semana. Um garoto de feições delicadas, vestido apenas num calção e segurando uma pipa esfrangalhada, não saía de junto de mim, tão real que eu podia sentir seu cheiro de infância na atmosfera lenta e espessa das horas, e se tivesse forças para estender o braço o alcançaria. Imóvel ao pé da cama, fitava-me apenas, longa e intensamente, e conquanto eu não conseguisse atinar com a vaguidão que boiava em seu olhar, e que se confundia com o pensamento que me rondava, intuía ali uma densidade, um horror a adejar sobre minha cabeça, o vulto de um pássaro negro a grasnar *nunca mais*.

Lutava para abrir os olhos, vislumbrar uma réstia além de mim, desprender-me daquele visgo intemporal e, ouvindo alguém chamar meu nome, esforçava-me por gritar ei, você aí, quem quer que seja você, arranque-me desse grotão sem nome, preciso retornar, tenho de saber que peça foi essa que a vida me pregou, mas já uma muralha impossível erguia-se entre mim e a voz que me chamara, e sua sombra brutal me atingia, pregando-me no mesmo espaço de debilidade, o pedido de socorro afogado num soluço a ecoar dentro de mim.

Quando, à força de medicamentos, a febre passava por alguns momentos e, voltando do exílio, dava-me conta da grande falta estendida ao meu lado, parecia-me que fora enterrado vivo num esquife de pesadelo, onde a noite de um mundo aos pedaços caía lenta e impiedosamente sobre mim, a lembrança das palavras de mamãe, pilão de ferro a socar, socar, socar, a me esmigalhar o peito.

Acovardado, perambulei pela vida arrastando correntes, réu errante a bater no peito, por minha culpa, minha culpa, minha máxima culpa.

2

Já era manhã alta quando parei no posto para abastecer o carro. O sol, aprumado quase ao meio do céu, regava de ouro o mundo para o qual eu acabava de retornar, depois de ter deixado para trás há apenas algumas horas aquele que por mais de trinta anos me acolhera, oferecendo-me um mar onde sangrar meu desterro.

O frentista que me atendeu, ao saber que eu pretendia subir a serra, preveniu-me sobre as condições da estrada, não suba, não, que o senhor vai ficar pelo caminho, depois das chuvas que caíram essa semana, só com tração nas quatro rodas, e olhe lá! Contrariado, saltei do carro para esticar as pernas, enquanto decidia o que fazer. A única ideia que me veio à mente foi tomar a trilha da Pedra da Panela, caminhando, como já fizera tantas vezes. Em pouco mais de uma hora e meia estaria lá. O moço, que desconhecia meu passado estradeiro, observou-me com descrença e alegou a dificuldade com a subida, o calor da hora, a distância.

Não pensei duas vezes quando me ofereceu a garagem para guardar o carro, mas hesitei no instante em que indagou sobre meu retorno. Não entenderia se lhe confessasse que, na verdade, não pretendia voltar. Ao erguer a cabeça e divisar no alto, a quase mil metros acima do nível do mar, o paredão escuro ressaltado contra a amplidão do céu, perguntei a mim mesmo não se seria possível passar o resto da vida sem livros, jornais, televisão, internet, porquanto estava convicto de que era aquilo mesmo que eu desejava, a vida desautomatizada, livre de relógio, barbeador, trânsito, salas de aula, arsenal de medicamentos, e ainda do domínio amoroso de Ieda e Isabel, mas se haveria espaço para uma convivência com seu Joaquim Boaventura.

Passados tantos anos, seríamos não mais que dois estranhos a dividir o mesmo teto, comer à mesma mesa, um defronte ao outro, as palavras aferrolhadas – sobre o que poderíamos falar sem medo? –, a velar o silêncio das noites na sala da frente, papai e Damiana cabeceando até a hora de nos recolhermos aos quartos, com tudo começando outra vez na manhã seguinte, o ermo em torno e dentro de cada um, tenso como um arame espichado num quadro de melgueira.

Ieda, para quem meu retorno a Perdição não fazia o mínimo sentido, além de se traduzir como a última e mais grave de todas as minhas deslealdades, argumentou a inviabilidade de um convívio com papai. Estava certa, não obstante soubesse pouco ou quase nada da minha vida antes de conhecê-la, e ainda hoje ignore acontecimentos que me marcaram e à minha família –, estávamos longe de ser uma família padrão. Alguns fatos, como a ausência de papai na cerimônia do nosso casamento, que mamãe tentou remediar dizendo é um homem incapaz de se aventurar algumas léguas além da própria terra, minha filha, um bicho do mato, permaneceram obscuros para ela.

Nos anos que se seguiram, expressou diversas vezes, embora por pudor o fizesse de forma inexplícita, a vontade de conhecer o sogro, de conhecer Perdição, um desejo que eu não alimentava, como se o pai não fosse meu, como se Perdição não passasse de um lugar qualquer, permanecendo em silêncio ou me armando de justificativas que não se sustinham, cada vez que ela insinuava aquele desejo.

Perspicaz, Ieda podia jurar que por trás daquela cortina corrida havia uma história por revelar, uma trama incógnita, da qual eu era garantidamente o personagem principal. Não o protagonista ingênuo e inofensivo que a princípio enxergara em mim, tampouco o herói íntegro, jogado às feras de um mundo desigual, mas um outro, um Inácio camuflado à sombra de vidas inventadas, de palavras que contavam sem contar.

Escuta, disse-lhe quando comecei a prepará-la para o meu afastamento – não sabia que nas despedidas as palavras são de todo imprestáveis –, gostaria que existisse uma maneira mais fácil de fazer o que estou fazendo, mas infelizmente não há, lamento, preciso ir, e acredita em mim, passado o impacto dos primeiros dias, seguramente tudo voltará à normalidade.

Aos poucos, fui lhe falando, com a honestidade possível, do cansaço, da apatia, da desilusão com a literatura, do sentimento de inutilidade de todas as coisas, da sensação de deslocamento aonde quer que eu fosse, do desejo de largar tudo, e Ieda, ainda descrente do meu propósito, encolhia os ombros, como se não se importasse, então faça como quiser, Inácio, de qualquer jeito vai sair de uma bolha para se enfiar noutra!

Somente quando doei a uma biblioteca pública todos os meus livros, os nunca lidos, os lidos e relidos, testemunhas silenciosas de uma vida, e ela enxergou sobre a escrivaninha o requerimento da minha aposentadoria com o carimbo *recebido*, foi que caiu em si. Quis compreender, mas não conseguiu, nem poderia. Como compreender uma dor sem nome, sem rosto, sem nada? E assim foi o tempo inteiro em que estivemos juntos, anos e anos naquela relação mortiça, em que a clareza, por minha culpa, passava ao largo.

Ieda não podia imaginar a relevância que aquele gesto tinha para mim, não fazia ideia de quanto me era significativo, àquela altura, fazer alguma coisa acontecer por mim mesmo, sem que a vida ou os outros o fizessem em meu lugar. No entanto, tornar-me responsável por minhas escolhas, conduzir-me era para ela algo tão improvável quanto deixá-la. E julgando-me inapto para sobreviver sem os seus cuidados, como se eu fosse uma criança grande e difícil, definitivamente despreparada para os caminhos tortuosos do mundo, tinha uma única certeza em relação a mim, a de que eu nunca a abandonaria.

Indignada, enfurecida como nunca antes a vira, martelava, isso que pretendes é uma tentativa estúpida de te matares, e inútil, porque vais continuar vivendo, Inácio, o que vais fazer empoleirado naquele fim de mundo, num eterno e tedioso domingo, se não queres mais escrever, nem lecionar, nem ler, se não queres mais nada? E como viverás ao lado do teu pai, porque a mim parece, e tu não me enganas, que nunca te deste bem com ele? Enlouqueceste, homem de Deus, ou sempre estiveste louco? Achas mesmo que conseguirás viver num mundo sem palavras, se amas mais a elas do que às pessoas? Vais trocar o silêncio dos livros pelo silêncio do mato?

Olhos no chão, eu a ouvia calado, mortificado por lhe dar mais um desgosto, o maior de todos, por assistir à sua raiva e incredulidade diante daquele sofrimento novo, e não ter para ela uma justificativa que lhe parecesse, se não aceitável, ao menos plausível, do tipo estou gravemente enfermo e decidi viver meus últimos dias em Perdição, ou me apaixonei por outra mulher e devo deixar-te, ou ainda, não gosto mais de ti, bem que essa última hipótese estaria de todo descartada, pois àquela altura a falta de amor da minha parte deixara de ser um problema para Ieda. Entretanto, desde que nos casáramos eu não conhecera nenhuma mulher por quem pudesse deixá-la, e os problemas de saúde eram os de sempre, pressão alta, fragilidade pulmonar, uma diabetes a caminho, nada que eu já não soubesse, nenhuma doença galopante ou fatal.

Pior, ou melhor, para ela pouco importava. Na verdade, o que a afetava, o que lhe parecia inadmissível era não me ver nunca mais por conta de idiossincrasias minhas que conhecia e tolerava bem. Habituara-se àquela escuridão, de tal forma que a considerava parte inarredável de mim, como se fosse natural o sol nascer apenas para alguns. É óbvio que lhe seria igualmente difícil saber-me afastado por algum motivo concreto, todavia, suportável com a perspectiva, ainda que remota, de me receber ou de me visitar eventualmente, ou ao menos de ouvir falar de mim, mantendo-se, mesmo que a alguma distância, ciente da minha vida, dos meus vícios, como uma mãe com o filho que deixa a casa. Outra coisa era perder-me para um lugar fantasma, a memória inamovível em que eu me refugiara todos aqueles anos, a sombra que pairava sobre nós. Não tinha a ilusão de me reencontrar, o que significava uma separação última, uma espécie de morte em vida. E o que a vulnerava com mais força era o fato de eu não estar sendo arrebatado contra a minha vontade, de ser eu mesmo a renunciar a uma existência ao lado dela e de Isabel, de lhes faltar espontaneamente.

Estava retirando do carro a minha bagagem, se é que aquela mochila com três a quatro mudas, um par de tênis e outro de sandálias e alguns objetos de higiene pessoal poderia ser chamada de bagagem, quando a moça da lanchonete, ao me trazer um café repugnante de tão doce, reconheceu-me prontamente como o filho de dona Adalgisa, sua professora das primeiras letras. Estranhei o reconhecimento por ter saído daqui pouco antes de completar dezoito anos e ter voltado uma única vez para o sepultamento de mamãe. A moça esclareceu-me que, além de me parecer muito com meu pai, mamãe costumava apontar-me nos recortes de jornal, e ainda lia trechos de resenhas sobre meus livros, que era para ninguém ignorar o sucesso do filho. E apressou-se a acrescentar, naquele tom piedoso em que as pessoas costumam falar dos mortos, dava gosto ver o orgulho que ela tinha do senhor.

Uma onda de sangue me subiu ao rosto, como se a moça pudesse adivinhar a embromação que era o meu texto, o desmerecimento daquele orgulho materno. Agradeci o café e a lembrança, e rapidamente me preparei para partir. Antes de acomodar a mochila nas costas, troquei os sapatos pelos tênis, a camisa de mangas longas por uma camiseta de algodão, comprei água mineral e cigarros numa mercearia que cheirava a aguardente e rapadura, e ainda fumei um deles, sem pressa, ouvindo as boas-vindas de um curió instalado no galho de uma algaroba. Busquei-o entre a folhagem, e lá estava um xexéu, ave de estranha mania, quase sempre a imitar o trinado de outros pássaros.

Pensei em mim mesmo, em como me tinha sido de certa forma confortável, durante todos aqueles anos, viver a vida dos outros, esconder-me por trás de personagens, fazê-los voar e entoar seus cantos, enquanto eu permanecia duro de silêncio, pregado à borda do abismo.

Onde está você?, Ieda obstinava-se, não percebe que está dando as costas à vida? Ignoro o que te consome, Inácio, mas o que quer que seja não te autoriza essa ausência, não te dá o direito de te manteres inacessível às pessoas que te amam.

Às vezes, aferrava-se ao fracasso que fora nosso casamento, e aquela frustração, que me era tão familiar, ressurgia esgotada, mas ainda grande o bastante para atormentá-la, por que, afinal, casou-se comigo?, que importância temos para você eu e Isabel?, conta-me, Inácio, o que te impede de ser feliz ao nosso lado?

Poderia ter-lhe dito não sou feliz nem infeliz, Ieda, sou tão somente o filho de Joaquim Boaventura, mas isso não era uma resposta em que ela pudesse se apoiar. E as perguntas se repetiram por quase trinta anos. Não tinha respostas nem para mim mesmo. Se tivesse, ao menos uma, saberia o que fazer com as coisas que não consigo deixar para trás, um passado que não descora, que não arreda de mim, uma espécie de escultura íntima, pedra e ferro entalhados em minha carne, estranheza de que me abasteço dia a dia.

Acredita em mim, Ieda remoía, na tentativa de me fazer desistir, não podes voltar ao ponto de onde partiste nem recuperar o que ficou para trás. Não vês como o passado é enganoso? Todos nós facilmente falseamos as lembranças e os sentimentos que as envolvem. Somente as coisas que terminam são para sempre. Não percebes a ilusão em que vives? Presta atenção, Inácio! Pensas que a vida é um carrossel? Aquele garoto que foste um dia está morto, ouve-me, e eu não mais a ouvia, porque a imagem da vida como um carrossel se apossara de mim, e o garoto não morrera, continuava em Perdição, montado em seu cavalo, esperando-me para juntos completarmos o giro.

Atravessei a cidade, cuidando de não meter os pés nas valetas de esgoto e nos montes de lixo. Às portas das casas, crianças nuas, de barriga estufada, brincavam de nada, pintos e galinhas a lhes trançar as pernas, moscas a adejar em torno dos seus ranhos. Nada mudara. Contornei o muro do cemitério, impregnado de um odor intenso de amônia. Mais adiante cruzei a linha do trem e tomei a vereda que margeia o açude grande. Garças, mergulhões, paturis e socós-bois desfilavam as canelas finas às margens da revência. Em pouco tempo alcancei o sopé.

Um cachorro, surgido não sei de onde, o corpo coberto de feridas repulsivas, uma orelha decepada, passou a me seguir. Além do olhar interrogativo, o bicho tinha algo vagamente familiar, que me incomodava. Parei algumas vezes para enxotá-lo, mas ele não arredava a pata. Metia o rabo entre as pernas, fazia que ia e não ia, e a alguma distância continuava às minhas costas. Como fazê-lo acreditar que eu não tinha nada para lhe oferecer? Não tenho nada para oferecer a ninguém. Seco, espinhento, um cacto rompido na pedra.

Queres saber por que a vida não te dá nada, Inácio?, perguntou-me Ieda, a voz embargada, no instante da minha partida. Limitei-me a abraçá-la com mais força, uma pressão violenta no peito – de repente dava-me conta de que em tempo algum me empenhara infimamente para que nossa convivência fosse um pouco melhor do que havia sido, nem mesmo no início do nosso casamento, cabendo a ela todo o mérito daqueles anos vividos sob o mesmo teto. Naquele momento, o último que passávamos juntos, confessei-me a imensidão da minha falta com aquela mulher, uma falta que eu não conseguiria reparar mesmo se vivesse cem anos, mesmo se tivesse a oportunidade de mais uma existência.

Queres mesmo saber por que a vida não te dá nada?, insistiu. Afastei-a um pouco para que me dissesse olhando-me nos olhos. Estávamos acostumados a Ieda me fazer perguntas e ela própria se dar as respostas, o meu olhar grudado ao chão.

Pois vou te dizer, Inácio, porque tampouco dás alguma coisa à vida. Continuei encarando-a, atitude que em mim era incomum, espantado de que jamais houvesse vislumbrado o horror que pousava trêmulo dentro dos meus olhos, esquecido de que meus olhos eram um quarto às escuras.

Estás sendo injusto, acusou-me, injusto e cruel. Como contradizê-la? Demorou a enxergar em mim a crueldade. Fui cruel com Ieda desde o momento em que aceitei seu amor, em que me dispus a viver ao seu lado. E me pergunto como foi capaz de me suportar tanto tempo.

Posso te garantir uma coisa, disse-lhe depois que sua raiva se esvaziou e se esgotaram todos os argumentos, os ternos e os sarcásticos, e lhe secaram as lágrimas, as choradas e as por chorar, e quando só lhe restava a muda dor do abandono e da incompreensão, quando as coisas se acomodarem, Ieda, porque mais dia, menos dia, hás inevitavelmente de te recompor, e de te acostumar com a minha falta, nos recuperamos e nos acostumamos a tudo, até mesmo à morte daqueles que mais amamos, pois os pais não sobrevivem ao filho morto? Então, sossega, porque em breve tanto tu quanto Isabel estarão bem e, intimamente, sentirão mais alívio do que saudade, estou certo disso.

Finalmente iria poder receber os amigos e colegas de trabalho sem o constrangimento de ter de explicar, com desculpas inconsistentes, a ausência do marido habitualmente encastelado no escritório, atracado aos livros, um fantasista inveterado, encegueirado em palavras, sem tempo nem disposição para interagir – não concebo como as pessoas podem sentir tanto prazer em expor suas opiniões sobre tudo e em defendê-las tão ardentemente, mesmo quando conversam sobre conceitos, teorias, puras especulações, dando-se ao trabalho insano de tentar, a todo custo, tornar aceitos os seus pontos de vista, num verdadeiro combate, como se no mundo das ideias pudesse haver vencedores e vencidos.

Consolava-me a convicção de que minha partida lhe traria mais benefícios do que ela poderia imaginar, afinal de contas, estava lhe deixando o caminho livre para ter o que merecia, ainda que tardiamente. Minha presença – ou seria ausência? – lhe era, na verdade, um peso, um estorvo afetivo, como o são as pessoas que amamos e que não conseguimos alcançar com o nosso amor. Distante, eu existiria apenas como lembrança, e para ela, ao contrário de mim, as lembranças seriam sempre mais leves do que a realidade.

Creio que algumas criaturas possuem a capacidade inata de ser felizes. A confiança em si mesma e no mundo repousava na própria natureza de Ieda, e me parecia um milagre que, diante de tanta vida, aquele sentimento não houvesse enfraquecido nem se degradado. Pois se uma pedra lhe aparecia no meio do caminho, ou uma noite se erguia para empanar o brilho do seu dia, dava a volta à pedra e cerrava os olhos com a escuridão, convencida de que o caminho se abriria em frente e de que logo amanheceria, como se não fôssemos os trágicos seres que somos, como se a vida, em sua essência, não fosse o que é, uma linha reta para o nada.

Seguramente, Isabel continuaria frequentando a faculdade, trabalhando, divertindo-se, sem que a novidade da minha ausência lhe causasse maiores transtornos, porque, assim como a mãe, tem habilidade para se mover pelo mundo, para se relacionar, para o exercício da vida lá fora, as palavras fáceis, os sorrisos e as lágrimas em doses equilibradas, enfim, a vocação para o acerto e o prazer, algo que sempre me passou à distância.

De certo modo, eu é que sentirei falta delas, da vida organizada e previsível, do mundo feminino, acolchoado, em cujo calor eu me amparava. Sem dúvida, a despeito da minha presença de caburé, a espiar e a ouvir o mundo voado e cantado por outros pássaros, havia ali não exatamente uma harmonia de ninho, mas algum equilíbrio conferido pelo corpo de Ieda, por suas atenções e cuidados, aí incluídas a tolerância com meus vícios e insuportáveis manias, a resignação diante do isolamento em que eu me mantinha.

Comecei a subir pela trilha enlameada, cercada de aveloses e pés de tamarindo, em meio à floração lanosa das barrigudas, ao cheiro enjoativo dos muçambés. A paisagem aberta, ora arroxeada de jitiranas, pinhões e maracujás-bravos, ora espinhosa de palmas, facheiros e caroás, foi lentamente se transformando, cerrando-se, aveludando-se, num transbordamento de imagens e cores familiares. Invadido pelo perfume adocicado dos lírios, meu olhar ia se enchendo da exuberância das bromélias e orquídeas, das pedras entapetadas de musgo, do carmesim dos antúrios e mucunãs, das pétalas lunares das damianas.

Quem pintara aquele cenário barroco em minha memória?

Podia ouvir a cantiga do vento lapeando a ramaria, o clangor de um ferreiro rasgando a solidão da mata, a flauta da correnteza nos calhaus do riacho, o tinido de chocalhos misturado à toada de garotos na guiança de cabras. O mundo murmurava um segredo que irrompia do ventre da serra, que soprava nos milharais, estalejava nos galhos das árvores, recendia nos frutos, o meu segredo, um soluço da natureza a me queimar os ouvidos, uma melodia a ressoar alucinadamente dentro de mim, uma cascata de acordes que avançava para além das margens, alagando-me, submergindo-me, forçando-me as comportas do peito.

À minha passagem, um bando de arribaçãs que descansava numa pedra em forma de seio de mulher desapareceu numa revoada macia. O guizalhar de uma cascavel numa moita próxima assustou meu seguidor canino, que desabalou encosta abaixo, quando eu já me esquecera dele. Mais acima, parei para ouvir a percussão de um pica-pau num tronco de jenipapeiro. Adiante, o golpe seco e ritmado de um machado sobre a lenha, o repenique monótono de uma matraca na semeadura do guandu. Pessoas trabalhavam por perto, e, no entanto, minha impressão era de estar completamente só, de ser a única criatura a existir naquele pedaço de mundo.

A camisa colava-se ao meu corpo. Detive-me sob uma jabuticabeira para me secar um pouco, beber água e fumar um cigarro. As bolinhas pretas que recobriam o tronco e os galhos assemelhavam-se a um monstruoso enxame. Na trama negra do solo, insetos apascentavam-se de frutos maduros. A fumaça do cigarro não tornava menos fulgurantes as coisas ao meu redor. Um sabiá, de minhoca no bico, esvoaçava de um galho a outro, inquieto com a minha presença, os filhotes num pipilar aflito, resguardados no ninho em algum lugar acima da minha cabeça. Metido entre a vegetação rasteira, um camaleão de pele verde mantinha um olho em minha direção, outro fixo na presa, um besouro de casco luzidio. Por toda parte abriam-se os cálices das onze-horas, e, num pedaço de chão, as delicadas nuvens desenhavam um céu de pétalas.

Fora de mim, vibrava em toda a plenitude um universo sólido, claro, reconhecível, do céu à terra a vastidão de um reino de beleza a resplandecer contra a minha dor, mas insuficiente para remediá-la.

Num dos trechos mais íngremes da subida, em que a picada serpenteia entre um córrego e uma pedreira abandonada, a fachada da casa branquejou e um gavião enterrou-me o bico no peito, a mesma estocada de quando me virei para olhá-la naquela manhã que julguei ser a última em Perdição.

Depois de haver sido escorraçado por papai, estivera alguns dias escondido no grupo escolar abandonado, ideia de mamãe, que me levava comida e me pedia paciência e serenidade, pois logo, logo tudo iria se resolver da melhor forma. Eu não percebia como as coisas poderiam se arrumar com Joaquim Boaventura ofendido em sua honra de pai, desbancado em sua imagem de homem intocável e, além do mais, já me fazendo distante de Perdição.

Trancafiado dia e noite no quadrado de paredes emboloradas, ouvindo a suindara rasgar com seu grito a mortalha da noite, tão assustado quanto os ratos que cruzavam o chão de esteira onde eu dormia, debatia-me, como o autor de um crime indefensável, entre o desejo de morrer e o de me entregar. Qual a atitude menos indigna? De qualquer forma, estaria morto, porque se um pai, de quem um filho herda a vida, diz-lhe estás morto, não há por que duvidar, nem de quem se valer, sentença de condenação irrecorrível.

Não desacreditei dos meus olhos quando vi mamãe surgir com semblante de despedida, as pálpebras papudas de tanto chorar. Entregou-me algum dinheiro e uma bolsa de viagem com meus parcos pertences. Esqueceu-se de me levar os poemas de Augusto, confirmando, no lapso, que quem partia não era eu, mas um simulacro de mim, que em minha inteireza Eu ficava. E quando me suplicou, na voz, a dor de uma vida inteira, perdoa teu pai, Inácio, ele não te quer mal, ele só está cheio de medo, eu não soube de que pai ela me falava, daquele que *se o filho lhe pedir pão lhe dará uma pedra? E se lhe pedir peixe dará por peixe uma serpente?* Seria aquele pai que deveria perdoar, eu, o cabrito esmadrigado, o cachorro pustulento, o filho desonroso, a quem ele tinha esconjurado e batido a porta?

Toma cuidado, Inácio, com as palavras, com a vida, não sabes o que é a vida – a vida é essa ânsia sem fim, esse grito amordaçado na garganta, mãe? Não queria crer que aquilo estivesse acontecendo comigo. Compadecida da minha amargura, buscava confortar-me, qualquer dia desses irei te encontrar, filho, prometo que não tardarei, e até lá não te tirarei do juízo nem das minhas orações um só segundo. E eu adivinhava, no amanhã distante, uma face ferida de solidão, um olhar sujo de grandes temores.

Ao dar-lhe as costas, caí no reino das trevas, extraviado de mim mesmo, tragado por uma dor de intensidade sufocante, de rês lancetada tropeando para a morte. *Quem, se eu gritasse, me ouviria entre as hierarquias dos anjos?* Virei-me uma única vez para olhar a nossa casa, como se estivesse encarcerado em um pesadelo e esse gesto pudesse me trazer de volta à realidade, ao meu lugar no mundo, e o que me vazou os olhos foi a imagem desfeita de mamãe, dobrada sobre os joelhos, o santo rosto no chão, golpeando a terra com as mãos fervorosas, como se clamasse, numa prece de lábios cerrados, a um insuspeitado deus subterrâneo.

Outra vez, a casa paterna. Encarapitada numa planura de lajeado, em sua austeridade e solidez de paredes largas, parecia enviar-me um sinal. Uma imensa arupemba de aço, de borco para o céu, reluziu no teto inclinado, manchado de uma vegetação rala, folhas de árvores, ninhos de maritacas e rolinhas-caboclas. Em suas bordas, as telhas guardariam ainda nossos dentes de leite – *mourão, mourão, toma teu dente podre e me dá outro são*. Ao redor, bamboleava o arvoredo de oliveiras, baraúnas, maçarandubas, de jaqueiras prateadas de barba-de-velho, e fremiam as alvas espigas dos sabiazeiros, os trompetes dos jacarandás, os sinos brancos e amarelos dos jenipapeiros, os vestidos de noiva dos pés de angico.

Fui obrigado a interromper a caminhada. Encostei-me numa pedra e cheguei a acender um cigarro e a tragá-lo, mas logo o apaguei, o fôlego curto, o sangue num batuque de muitos corações. A terra parecia deslizar sob meus pés. Em algum campanário dentro de mim crescia uma assuada de sinos a repicar, de andorinhas e morcegos a bater asas.

3

A porta encontrava-se aberta. Estaquei na soleira. Descalcei-me e bati os tênis empoeirados no capacho. Alguém em casa? Sem resposta, e ainda acalorado e ofegante da subida, pisei com cautela o chão de lajotas castanhas rendadas de luz, pé ante pé, como se a casa, campo minado, pudesse se abrir e me tragar.

No meio da sala, fui tomado por uma apreensão indeterminada, um desassossego, como se alguém invisível ou oculto me observasse de algum impreciso ponto, atrás de uma porta, por uma fresta, um buraco de fechadura. Uma sensação de pânico crescente me desequilibrou, e por um instante tive que me amparar no porta-chapéu. Respirei fundo. Uma casa era tão somente uma casa, alvenaria, madeira e cerâmica, luminosidades e sombras. Não havia nada de errado ali. Então, o que significavam aquelas vibrações suaves – os mortos sussurram? –, aquele hálito morno às minhas costas? Teria uma alma a casa da minha infância? De quem seriam os olhos de eternidade que naquele instante me cobriam e me restituíam a mim mesmo?

Levei algum tempo para reconhecer o velho que me encarava no espelho manchado de ferrugem e fezes de moscas. Eu,

Inácio Boaventura, em carne e osso, aprisionado no alçapão de mim mesmo, em minha própria inescapabilidade. Barba e cabelos acinzentados, calvície bem evoluída nas têmporas, manchas na pele baça, bolsas sob os olhos, vincos profundos nas laterais da boca e entre as sobrancelhas de pelos indóceis, estragos causados por mais de meio século que não vi passar – onde eu me encontrava, em que indefinido espaço, beira de limbo, universo de névoas e sonhos, enquanto o menino franzino e melancólico, o Little Father Time de Perdição, estava sendo consumido?

Olhei em torno. Evidente a presença do tempo, esse senhor obstinado e incompassivo, que ali andava sinuosamente de mãos dadas com o descaso. Nos quatro cantos da sala, teias de aranha oscilavam do teto ao rés do chão. Nas paredes precisadas de uma demão de tinta, descobriam-se as rachaduras, o reboco danificado, fragmentos de tijolos aqui e ali. Ostensivamente comprometido, o madeiramento do telhado. Contudo, afora a imagem dramática do homem no espelho e a insólita televisão suspensa num suporte preso à parede, quase nada havia mudado no mobiliário e nos objetos de guarnição – algumas coisas se degradam mais lentamente do que os seres vivos.

Quase podia enxergar vovó Doninha arriada na espreguiçadeira de lona, os dedos deformados de reumatismo no desfiar das contas de um rosário, entre um e outro ai, ou falando consigo mesma, no lamento da coluna empenada, vesícula vagarosa, pedras nos rins – estava sempre a fugir da sua bênção fedida a banha de carneiro, dos seus lábios bambos, a saliva fermentada nos cantos da boca.

Sobre o centro, o tabuleiro de gamão e a Bíblia aberta nos salmos. Pendurado num armador de rede, um macacão de apicultor. E a cadeira de balanço de papai, trono de um rei sombrio, soberano de um país perdido nas brenhas de uma serra, senhor de todas as coisas existentes em derredor e a partir de si, a casa e as pessoas que a habitavam, a terra e a água, as pedras e as árvores, os animais e as lavouras, as flores e as abelhas, e ainda o silêncio e a palavra, a última palavra.

Ao longo da parede esborratada de casas de marimbondos e de trilhas areentas deixadas pelas formigas, o estojo do acordeom, a arca de couro, um fumigador, duas colmeias vazias. Sobre o sofá de estofamento fubento, aqui e ali o enchimento à mostra, as almofadas encapadas em peças de crochê. Na mesinha de canto, o rádio de válvulas, um Philips de duas faixas de frequência, no qual papai costumava sintonizar *A Voz do Brasil*, e que Ifigênia um dia desmontou para descobrir quem falava e cantava dentro dele.

Ifigênia. Nem seu Joaquim Boaventura conseguia pôr-lhe peia, a única que o arrostava, sem palavras, a cabeça erguida, o olhar aprumado. Peça perdão ao seu pai, menina de gênio ruim, implorava mamãe, e ela não lhe dava ouvidos, não arredava de si, empertigada, os lábios grossos bem abotoados, senhora de um mundo indevassável. Sentindo-se desafiado, papai ia e vinha, em passadas vigorosas, enrolando e desenrolando a corda, pigarreando, grunhindo, e o silêncio da filha, que vinha de cima, que não se dobrava, vencia-o, punha sua soberba rente ao chão.

De minha parte, não acreditava que ela se comportasse assim por orgulho ou capricho, como mamãe imaginava, antes supunha que desejava nos mostrar, a nós, trancafiados em nosso servilismo e temor, que era possível viver sem jugo, e daquela firmeza triste que se alçava dentro dela rebentava um canto de liberdade. Hoje, quando olho para trás, enxergo sua insubmissão como uma forma digna de sobrevivência.

Intrigava-me aquele universo em que se movia, e que eu, três anos mais velho, nas veias o mesmo sangue, pressentia ser-me inalcançável. Damiana costumava dizer que quando eu ia com os cajus, Ifigênia já voltava com as castanhas, e o que existia em mim de ronceirismo, nela era energia pura.

Como era possível que a vida vingasse em cativeiro? Pois transbordava em Ifigênia o que rarescia em mim, uma suficiência, uma certeza secreta de que correntes, grades, ferrolhos existiam apenas para os que não tinham o saber de voar – enquanto ela alçava alturas, eu saltava em torno de mim mesmo, as asas precárias para o mais minguado dos voos, a garça-branca e o papa-arroz de gaiola.

Quando crescer, quero ser escritor; e tu, Ifigênia, o que pretendes ser quando cresceres? E ela, afirmativa, quero continuar sendo o que sou, fazendo o que faço, Inácio. Mas não podes passar a vida inteira brincando, Ifigênia, eu insistia. Por que não?, retrucava, empinando-se, qual rei mandou dizer que não posso?

Como eu poderia supor que naquela fé em si mesma inchava a semente do sentimento que mais tarde a conduziria ao seu destino de pássaro fatalmente ferido?

Entre a sala de estar e a de refeições, erguia-se a escada de madeira para o sótão, o asilo de tia Florinda. Desde sempre vedado às crianças, aquele espaço de recolhimento e extravio me fascinava. Não era fácil driblar a vigilância de vovó Doninha, que quase nunca se ausentava da sala, a espreguiçadeira a poucos metros do pé da escada. Além disso, mamãe e Damiana, que se revezavam nos cuidados àquela tia de nervos desarrumados, estavam sempre por perto ou de passagem. Banhavam-na, vestiam-na, davam-lhe de comer e beber. Às vezes, subiam juntas, e eu escutava pedaços de conversas entre as duas, de risos e interjeições, como se tia Florinda não estivesse presente. Aquilo me angustiava até não poder mais. Então, vinham as crises, os ataques violentos, e os vagidos varavam a serra, atingindo os ouvidos mais moucos, inquietando os corações mais remotos, os mais empedernidos como o do meu pai, que se ausentava de casa para escapar da latomia triste, para se ver livre do suplício de imobilizá-la, amarrando-a à cama.

Embora fosse permitido a Felinto ver tia Florinda na hora que lhe aprouvesse, subia ali muito esporadicamente, mais por insistência de mamãe do que por vontade própria, e quando isso ocorria o manto de silêncio que envolvia mãe e filho transbordava do sótão, escorria pelas escadas e vinha se estender sobre nós. Vovó Doninha tampouco via a filha, impossibilitada de subir escadas, as articulações das pernas corrompidas de artrose. Papai, então, nem sequer se referia à irmã, como se ela não vivesse bem ali, sobre sua cabeça, como se não existisse. Teresa não parecia se importar com a tia doente, e em Ifigênia, a curiosidade por aquela estranheza não era maior do que a que sentia pelos bichos. Somente eu sofria de uma espécie de fixação inexplicável por tia Florinda, uma atração e uma repulsa por aquela existência de esfinge, aquele destino de impossibilidade. E na medida em que ansiava protegê-la, resguardá-la dos perigos da noite, da insanidade dos adultos, eu a temia, de um temor indefinido, como aquele que no meio da escuridão me inteiriçava na cama.

Recordo-me de uma magreza, uma pele impossivelmente branca, uma massa negra de cabelos, singularidades espreitadas através de uma abertura na porta. Paralisado, a respiração suspensa, eu era tão somente olhos. A boca forte, de lábios bem marcados, rasgava o rosto fino. E no olhar de mata

cerrada ocultava-se uma natureza alada, da espécie das harpias *pálidas de uma fome que não conseguem saciar.*
A loucura tornava as pessoas extraordinárias. Apartada do mundo, íntegra e livre em si mesma, no seu existir invulnerável, tia Florinda me era uma dor, outra dor, a mesma dor.
Receei que os degraus, roídos pelas brocas e pelo descuido, não pudessem comigo. No sótão, o assoalho de tábuas corridas estalou sob meus pés, assustando um casal de morcegos que escapou por uma abertura na única janela próxima ao teto baixo, forrado de madeira e teias de aranha. Postei-me no centro do minúsculo cômodo, um frio a me esfolar o peito. Um rato de cauda fina e comprida, que por um instante pensei tratar-se de uma serpente, esgueirou-se de baixo da cama para trás do baú recoberto por uma escura camada de pó. E no abandono da cama sem colchão, do estrado manchado de excrementos de pássaros e morcegos, do lavatório rachado, desguarnecido de torneira, da cadeira de palhinha sem palhinha, revelava-se o meu próprio desamparo.
Ao tornar à sala, esbarrei na mesa comprida de imbuia, ladeada por bancos da mesma madeira sólida e escura, onde nos reuníamos três vezes por dia, com papai à cabeceira, mamãe em pé, imediatamente atrás da cadeira de espaldar alto, de maneira que o prato do marido estivesse sempre abastecido, e com o melhor bocado, que ele não necessitasse erguer a mão para arrastar em sua direção uma travessa posta no meio da mesa.
Sobre o aparador, o vaso com flores de plástico, o cisne de cerâmica de bico partido, a boneca de porcelana segurando uma sombrinha e outras quinquilharias. Uma natureza-morta vivia ainda na reprodução desbotada, sobre a mesa tosca a garrafa de leite e o cesto vazio, a faca e o pão, peras e maçãs apodrecidas no retângulo de papel roto. Largados

na cristaleira, os restos de uma louça refinada, presente de casamento de um fazendeiro rico tomado de padrinho, e que papai, num surto colérico, atirara pela janela, desenhando ninhos destroçados no pátio dos fundos, por todo lado cacos de pássaros dourados e azuis.

De dentro das fotografias emolduradas que coalhavam a parede central, aprisionados em algum instante longínquo, meus mortos fitavam-me com indiferença. Todo ali, em seu sólio de memória, o passado imperava, dos odores familiares de cera de soalho, couro e mel à visão do Jesus de gesso em alto-relevo apontando para o coração estraçalhado, ao carrilhão sem ponteiros, numa pausa imperturbável, o pássaro do tempo acorrentado nas engrenagens emperradas.

Um tinido de talheres conduziu-me à cozinha. De costas para mim, bem mais volumosa do que da última vez que nos víramos, Damiana mexia uma panela no fogão a gás, o a lenha encostado num canto, servindo de porta-coisas. Antes que eu a chamasse, virou-se num salto e fitou-me com incredulidade, uma mão no coração, outra na boca, como se estivesse frente a frente com uma aparição. Sorri, e ela, ainda aparvalhada, murmurando oh, Deus meu!, oh, Deus meu!, abraçou-me, colando em mim os peitos gordos, o corpo morno, recendente a bolo no forno, afrouxando-se, por fim, num riso semidesdentado, os pingos de suor a lhe escorrerem pelo rosto, como estás, Inácio querido? Quase me matas de susto, menino! Vê aqui o que estou preparando para teu pai, e agora para ti, e foi logo me empurrando para a beira do fogo, não é de babar?

Não sabia o que fumegava dentro da panela, que pelo cheiro e aparência devia ser um carneiro guisado, mas antes que pudesse ter certeza do que seria servido no almoço de logo mais, Damiana prosseguiu, esbaforida, atropelando as palavras, aturdida com a minha presença, se quiseres, amanhã posso pilar carne-seca e fazer aquela paçoca que tu tanto gostavas, e depois de amanhã, mugunzá com galinha à cabidela, e quanto mais desejares, e onde deixaste tua bolsa?, vem, vem comigo, põe aqui tuas coisas que depois ajeito tudo no guarda-roupa, teu pai deve estar por perto, talvez tenha subido para medir a água do açude, às vezes fica um pouco por lá, esperando os pinotes das carpas e tilápias, que agora deu de criar peixe, ou ande à procura de formigueiros e de enxames, que esse vício ele não perdeu, não, mesmo depois da perna meio morta e do coração cansado, mas garanto que não vai longe, pelo tempo que saiu não há de demorar, daqui a pouco aponta aí na porta.

Segui Damiana, que não parava de tagarelar, impressionado com as pernas deformadas das figuras de Botero, os quase cem quilos equilibrados sobre os pés miúdos e arredondados. Conduziu-me ao meu antigo quarto. Posicionados nos mesmos lugares, o armário de portas presas com pedaços de papelão, a cadeira de xerife e a minha mesa de estudos, a cama estreita com entalhes de anjos, flores e frutos na cabeceira – eu tinha o paraíso todas as noites. Sobre a mesinha lateral, um abajur e o *Eu* de Augusto, presente de mamãe nos meus quinze anos.

Passeei os dedos na mobília empoeirada, sob o olhar atento de Damiana, que sorriu constrangida, não sabia que vinhas, Inácio, e espichei-me na cama – nunca deitara em outra cama, nunca saíra dali, nunca. Ela sentou-se na ponta, alisando a colcha de *patchwork*, rabeando-me olhares e papagueando ainda, visivelmente exaltada. Não sabia o que fazer ou dizer para calá-la. Apontei os estragos causados pelos cupins nos caibros da telha-vã. Balançou a cabeça com expressão enfarruscada e caiu outra vez na fala solta, tua mãe queria muito mandar forrar a casa com estuque, ao menos os quartos, mas morreu sem que teu pai cuidasse disso, sim, ele continua o mesmo cabeça-dura do teu tempo de garoto. Acendi um cigarro. No olhar desassentado expunha-se a agonia de Damiana. Por trás da minha presença havia algo com que ela não conseguia atinar, tampouco se atrevia a especular, a me fazer perguntas, não assim de pronto, e seguia arrodeando, chegando-se pelas beiradas, falando de coisas sem importância, da estrada ruim por conta das chuvas, da missa que havia mandado celebrar no aniversário de morte de mamãe, da casa que carecia de reparos urgentes, o reboco a desprender-se das paredes, as goteiras a fazer rega por todo canto, encanamento, fiação, telhado, tudo aí por consertar, e teu pai na maior despreocupação, qualquer noite dessas vai dormir e acordar embaixo dos entulhos, não sei mais o que fazer com ele, a cada dia mais teimoso, mais ranzinza, escondeu a dentadura em algum canto da casa para que eu não o obrigue a usá-la, ora diz que está folgada, ora apertada, e que lhe machuca a gengiva, não se importando em comer sem ela, nem mesmo em sorrir, agora que sorri uma vez na vida, outra na morte, coitado, e de uns tempos para cá deu de passar dias sem se banhar, imagina só o vexame que é enfiá-lo embaixo do chuveiro!

Então, interrompeu-se, e olhando-me com uma atenção concentrada, como se somente naquele instante estivesse me vendo realmente, disse, após um segundo de hesitação, como estás parecido com teu pai, Inácio! Tirante a altura, que de pequeno puxaste à tua mãe, é olhar para ti, para teus olhos e tua boca, para teu rosto, e vê-lo como ele era na tua idade, assim mesmo, cuspido e escarrado, e até no caminhar, no olhar, no jeito de passar a mão no cabelo e segurar o cigarro, e tragar, e ainda nessa tua mania de prender os lábios com os dentes.

Se quisesse, poderia tê-la impedido de continuar. Bastaria alegar o cansaço da viagem e pedir para ficar um pouco sozinho, mas, por motivos que não distingo bem, deixei-a falar livremente. As semelhanças físicas entre mim e papai, os malditos genes que tanto haviam me incomodado, àquela altura não me importavam absolutamente. Por um segundo apenas receei que Damiana tecesse algum comentário sobre a miserável semelhança entre nossas vidas, a mesma terrível escolha. Ela não ousaria. Não que para isso lhe faltassem lembranças ou palavras. Bastaria que eu começasse, te lembras, Damiana, do dia em que papai me expulsou de casa?, e ela logo emendaria sua memória na minha, porque também estava lá quando o impedi que matasse a própria filha, depois de tê-la arremessado contra a parede, chutando-a violentamente, enquanto rugia vadia, vadia, quem foi o canalha?, com mamãe esgoelando, pelo amor de Deus, para, Joaquim, para!, e nós todos ali, incrédulos e aterrorizados diante da fúria grandiosa daquele que parecia ter saltado das páginas do Velho Testamento para nos castigar, a nós, os ímprobos, os impuros, pois não eras tu, pai, o Deus do nosso ordinário mundo? E porventura não sabias que a língua é capaz de destrancar as portas do inferno?

Desmantelado do juízo, com uma coisa me tomando o ar, me brocando o peito, avançando pelo meu corpo como um rastilho aceso, atirei-me sobre papai com todos os insultos que guardara ao longo daqueles dezoito anos, uma saraivada de velho puto, brutamontes, fingido, mesquinho, louco, e lhe soquei o rosto com uma força insuspeitada, com a violência do animal que não sabia em mim, pensas por acaso que ainda sou aquele menino que apavoravas com tua perversidade?

Pego de surpresa, desgovernou-se, tropeçou numa cadeira e caiu. Caí-lhe por cima e esmurrei-o sem piedade, às cegas, e creio que o teria machucado gravemente, que o teria destruído – como destruí-lo sem destruir a mim mesmo? –, se mamãe, Damiana e Teresa não houvessem intercedido, detendo-me, puxando-me, afastando-me do homem prostrado, desfigurado de espanto e vergonha.

Quando se ergueu, ajudado por elas, esperei, o corpo trêmulo, úmido de um suor gelado, que viesse em minha direção e acabasse comigo. Não teria reagido. Estranhamente entorpecido, esvaziado da minha raiva, naquele instante morreria livre nas duras mãos do meu pai.

Sequer me olhou. Saiu chutando a porta e ameaçando, juro que acabo com os dois se em minha volta ainda estiverem aqui, que filha vadia não é filha minha, é filha do mundo, e é nele que deve se perder de uma vez, e quem se achar no direito de protegê-la e me desafiar que vá junto, e ai de ti, Adalgisa, se te atreveres a me desacatar.

Ifigênia ficou lá, estendida, anjo decaído, arfando, que não era de chorar, o sangue lhe vazando das narinas, da boca, de um talho na testa, um filete escorrendo para trás da orelha, serpeando pela nuca, inundando os cachos indomados. E naquele instante enxerguei, pela primeira e única vez, a ferida do medo em seu olhar.

Não era uma menina como as outras. Enquanto Teresa se deixava enfeitar por mamãe ou Damiana, atenta a que não se desmanchassem as fitas que lhe prendiam as tranças, o laçarote do vestido, zelosa de que não lhe arriasse o diadema da cabeça, e, no arremedo da vida de mamãe, brincasse de casinha, varrendo um canto de chão, alimentando suas filhas de pano e plástico com uma mistura de água, terra, folhas picadas e sementes de jenipapo, Ifigênia corria solta pela mata, os pés livres de sandálias, os cabelos, de atavios, as roupas rotas, as unhas retintas, pernas e braços arranhados, despelados, picados, ronchados. Vivia agarrada em bichos, esfregando-se em cachorros pulguentos, apertando contra o peito galinhas ariscas arrepeladas do seu indez, roçando o rosto em focinhos de gatos feridentos, carregando um sagui no ombro – acho que era sempre o mesmo –, como se o bicho fosse ave, a cauda metida entre os caracóis dos cabelos.

Por onde andará Ifigênia? Onde, diabos, essa menina se meteu outra vez? Que traquinada estará a aprontar por aí?, mamãe se perguntava o tempo inteiro, e se a filha tardava a aparecer, mandava-nos, a mim ou a Felinto, caçá-la e trazê-la de volta antes que papai desse por sua falta, e até que se escafedesse outra vez, o que ocorria quase sempre, Ifigênia não sossegava, zanzando dentro de casa, o coração indomesticado posto lá fora, no pasto, no alvoroço do mundo solar, como se lhe fosse possível saber o que sei somente agora, como se dentro dela se agitasse a convicção da vida como um sopro.

Lembro-me particularmente de um dia em que estávamos, eu, ela e Teresa sentados no chão da cozinha, com cestos entre as pernas, debulhando feijão. Íamos colocando, de um lado, as vagens vazias, do outro, num balaio maior, o feijão debulhado. De súbito, Ifigênia esbugalhou os olhos, ergueu-se, caminhou reta para o canto da parede e, sem um monossílabo de espanto, atirou-se sobre a rodilha de anéis negros, brancos e vermelhos embuçada na sombra fresca dos potes, prendendo a cabeça chata da serpente entre os dedos polegar e indicador.

Impedida de dar o bote, a bicha arregaçava a língua nervosa, a peçonha mortal aprestada em se despejar no sangue da agressora, enroscando-se e desenroscando-se num dos braços de Ifigênia, que na alegria da revelação berrava vem ver, Teresa, como ela é linda, chega cá, Inácio, sente como a pele dela é suave e fria, e deixa de ser medroso, se não matou a mim, não será a ti que haverá de matar! Em se tratando de morte, essa, porém, não foi a mais espantosa das suas artes. Ifigênia calou meu coração ao me mostrar a cruz arrancada do túmulo de um homem que vendia redes na região, e que, tendo sido encontrado morto à beira do caminho, fora enterrado ali mesmo, onde passara as últimas horas ou minutos de sua vida. Como não se sabia de onde vinha, nem se tinha família, uma cruz de madeira, pintada de azul por alguma mão caridosa, foi colocada sobre o túmulo improvisado, com a inscrição do primeiro nome do defunto e a data do falecimento, tudo que se conhecia dele.

A maior das agonias era passar desacompanhado pelo local. Cerrava os olhos e me benzia seguidamente até me distanciar o bastante para me sentir a salvo. Depois que a cruz surgiu nas mãos de Ifigênia, com a naturalidade de quem segura uma inocente talhada de madeira, a figura do vendedor de redes, que eu avistava apenas de passagem quando vivo e em quem nunca prestara a mínima atenção, aferrou-se a mim com a constância dos mortos amados. Imaginava o corpo rígido, empretecido de varejeiras, o olhar retirado, e, às vezes, quando acontecia de voltar sozinho da escola, o fedor de algum bicho sem vida ali por perto me fazia acreditar que o pobre homem fora mal enterrado, que apodrecia à flor da terra, o que me punha desabalado em direção a casa, com o morto na minha pegada.

Conquanto tivesse sido Ifigênia, desaforada, a lhe roubar a única posse, e a escondê-la embaixo do colchão da própria cama, foi a mim que o morto ultrajado perseguiu durante meses. Espiava-me pelas frinchas das portas e janelas, suspirava às minhas costas, escondia-se embaixo da cama, dentro do armário, na trama do telhado, e do alto da sua palavra muda ameaçava puxar-me pelos pés. Quando todos de casa dormiam, seus olhos de breu me espreitavam, eu todo enrilhado na cama, num frio de bater os dentes, a tremer embaixo das cobertas e a ouvir o baticum do meu coração troando pelos quatro cantos do quarto.

A morte, que andava à larga por todo lugar, sem que ninguém pudesse fazer nada para se safar dela, era para Ifigênia tão somente o avesso do que buscava nas lagartixas, estranha mania aquela de se ocupar dos pobres bichos, estripando-os a fim de lhes examinar as vísceras, veja, Inácio, achas que por dentro somos feios e nojentos assim, que somos essa porqueirada toda? Onde está o que a fazia se mexer, subir e descer as paredes, balançar a maldita cabeça? Onde foi parar essa coisa, hein, Inácio?

A mesma coisa que abalava das borboletas quando ela impiedosamente as cingia entre os dedos, as asas se desmanchando, o mistério cintilando no pó que lhe manchava as mãos.

Damiana veio interromper-me o pensamento, e por que não paras de fumar, Inácio? Esse cigarro ainda vai te matar! Estou morto, não vê? O cigarro me dá a ilusão de que vivo, de que posso comigo, com o que restou de mim. Encarou-me esgazeada, como se eu lhe falasse em língua estrangeira. Depois abaixou a cabeça, amassando uma mão na outra, estalando os dedos. Preparava-se para me perguntar o que a custo refreara até aquele momento. Se não o fizera ainda, fora apenas por receio de me melindrar. Poderia facilitar-lhe a vida, poupá-la daquela agonia, bastaria que eu anunciasse vim para fazer alguma coisa que não sei ainda o que é, talvez, para não fazer nada, isso é o mais certo, quanto ao resto, ainda estou por descobrir.

Pensas, Inácio, que depois de todos esses anos teu pai ainda é o homem que conheceste? Pois te enganas! Está velho, doente, não vai suportar um confronto, estejas certo disso! Para a salvação da tua alma, volta para tua casa, lá é o teu lugar!

Não havia salvação para minha alma – oh, pai, como o pecado de um homem pode macular assim o sangue do seu filho?

Poderia ir tão longe em minhas lembranças, lá atrás, onde começa o meu desamparo, e rebocar para aquele instante as horas mais difíceis, e demorar-me nas verdades ocultas, mas Damiana não desistia, por que não te reconcilias com teu pai, Inácio? Bem sabes que falta pouco para ele se ir, e tua mãe, onde quer que esteja, estará no inferno, que dessa pena ela só se libertará no dia em que vocês se perdoarem.

Perdão? Desconheço-o, que dele nunca cheguei a divisar o rosto nem a apertar a mão, sequer em favor de mim mesmo. De que matéria ordinária ou extraordinária se fazia o perdão?, perguntei a Damiana, que andava às voltas com ele desde que, ainda menina, chegara para viver em Perdição. Seriam da cor da luz os olhos do perdão?

Que ela me indicasse, passo a passo, pedra por pedra, o que eu sempre considerara além do meu alcance, acima das minhas forças, o caminho solitário daquela entrega, as justas palavras para chegar até ele, para exercê-lo, que tu, Damiana, vivendo entre meus quatro costados, aprendeste desde cedo a perdoar, não sete vezes, mas setenta vezes sete, o azedume, a arrogância, a demência das pessoas dessa família, e não hás de te furtar da condição de testemunha da nossa vida, da tara que emporcalha nosso sangue, da bruta nódoa na carne, do nosso amor de destruição. Sempre soubeste de tudo, não é? Pois estavas bem aqui quando Felinto nasceu, e papai casou-se e trouxe mamãe para viver com a família, e foste tu a assistir ao desgosto que matou vovô, à lenta degeneração dos nervos de tia Florinda, a cada uma das nossas profanações, e, por último, ao nascimento do menino.

Levantou-se num salto, o desconcerto nos braços e nas pernas, sem lugar aonde ir, sem um ponto onde pousar os olhos. As coisas começavam difíceis. Eu me precipitara, talvez. Que fazer? Àquela altura, não me era possível recuar. Falara, dera nomes às coisas, que para isso existiam as palavras, para inventariar vidas, contar histórias, as mais secretas, as mais espurcas, destampara a grande noite, rompera o silêncio de quase um século, um silêncio que nascera antes de mim, na longevidade de um começo de mundo, e que eu reconhecia ali, vagueando entre aquelas paredes borradas de passado, à espera de algo que viesse arrancá-lo das sombras fundas, desencantá-lo do longo destino de maldição.

Quem antes abrira a boca, erguera a voz por cima do medo, assinalara a ferida malsã com a palavra reta? Pois não fora essa eternidade de silêncio que aniquilara vovô, que o sufocara até a morte, assim como haviam morrido vovó Doninha, tia Florinda, mamãe, Felinto, Ifigênia, todos flagelados sob os cascos daquela amargura não pronunciada?

De que te valem essas recordações feias, essas tristezas, Inácio? O que passou passou. Por que não deixas teus mortos em paz?, perguntou numa aspereza súbita, e desobrigando-se de me ouvir Damiana foi se dirigindo à porta, arrastando os pés nos chinelos infantis, resmungando *palavras loucas, ouvidos moucos.*

Como me esquecer dos meus mortos, se agora que não estão mais aqui, que me vejo desapossado de sua presença, é quando os enxergo com mais nitidez, quando os sinto mais largamente? Como ignorá-los se vibram em minha carne sua fome e sua sede, desejos e cansaços, gozos e dores, se rugem em meu sangue as memórias e segredos de suas noites de vigília?

4

Papai vinha devagar, arrastando a perna direita, meio trôpego nos pés metidos em botas de borracha, o costume de mescla cáqui dançando em torno do corpo. Um boneco desconjuntado, que passava à distância do pai rememorado todos aqueles anos. Desviei o olhar, um oco súbito no abdômen, uma dureza na garganta.

No instante seguinte o vi pender para lá e para cá, numa marcha de pernas frouxas, um bolero de bêbado, os braços estendidos para o nada. Antes, porém, que pudesse correr em seu amparo, tornou ao frágil equilíbrio, merecedor de uma bengala. Enxugou na manga da camisa o suor do rosto parcialmente encoberto sob as abas de um panamá. Os ombros carregavam um mundo que eu desconhecia. E tremiam-lhe as mãos.

Então, ergueu a cabeça protegida pelo chapéu, e todas essas debilidades se esvaíram. Viu-me, e, reconhecendo-me, aprumou-se de imediato, estufando o peito, empinando as espáduas.

Escondidos nas covas do rosto ossudo, sob sobrancelhas arrepiadas e pálpebras pensas, os olhos do meu pai não haviam envelhecido – levei mais de trinta anos construindo um homem livre, e bastou um único olhar para que esse homem ruísse. Ali estavam o madeiro, os cravos e os espinhos que me punham de joelhos na prece do medo, a labareda que transformara em cinzas os meus sonhos de menino.

Não se mostrou espantado ao me enxergar à sombra da jaqueira, como se eu nunca tivesse me ausentado daqui, o tempo interrompido desde a manhã em que ousei enfrentá-lo, os ponteiros do carrilhão no pasmo, acorrentados ao momento do confronto. De outra forma, teria acreditado em meu retorno como coisa induvidosa, a ocorrer em alguma hora e, nessa hipótese, podia supor que andara à espera, o que não me servia nem um pouco de conforto.

Fez um gesto vago e veio em minha direção. Busquei em vão as palavras preparadas para o pai da minha eterna infância, para aquele momento que eu pretendera, se não espontâneo, ao menos livre de emoções fortes, mas as palavras que me vinham eram as desde sempre represadas, as amoladas na pedra da memória, as que tropeavam na lájea do meu peito e esturravam nas fendas mais profundas.

Mais de três décadas que não nos víamos. Nem mesmo no sepultamento de mamãe chegamos a nos encontrar. Lembro-me de que me doíam insuportavelmente a cabeça e os olhos pelo esforço em manter o controle da direção, no momento em que estacionei o carro em frente à igreja, fim de tarde, após nove horas de viagem sob chuva ininterrupta, ora mais intensa, quando eu tinha que guiar o carro para o acostamento e acender os faroletes de alerta, ora mais amena, a escorrer hipnoticamente no para-brisa embaçado. No adro, ninguém da família, nenhum conhecido. No interior da igreja vazia, os cavaletes que até pouco tempo tinham servido para apoiar o féretro ainda estavam armados, e os cravos e lírios jogados nos ladrilhos recendiam à morte recente. Chegara atrasado para beijar o rosto de mamãe, para afagar a frieza da mão que tantas e baldadas vezes se erguera para me proteger.

De volta ao carro, avistei do outro lado da rua uma mulher trajando negro que julguei ser Damiana. Estivera plantada ali, esperando-me, mas não me vira chegar, ou não me reconhecera. Abraçamo-nos em silêncio. Tinha os olhos papudos, o rosto deformado de dor. Acompanhou-me ao cemitério. No percurso foi me contando que mamãe partira tão de repente, sem tempo nem para se despedir, foi pendurar uma camisa do teu pai no varal e não voltou mais, ficou lá, coitadinha, estendida no pátio, e, quando a encontrei, parecia mais viva do que morta, como se dormisse um sono fora de hora e lugar.

No cemitério, o bafo penetrante de terra úmida enredava-se ao odor enjoativo de flores murchas e velas derretidas. As aleias forradas de seixos rangiam sob nossos pés, morte, morte, morte. Damiana ia me apontando os túmulos de um e outro defunto conhecido, as inscrições dos nomes e datas no mármore das lápides, as esculturas de anjos segurando cruzes ou Bíblias, soprando trombetas, algumas extraordinárias, talhadas no bronze ou na pedra, as imensas asas abertas sobre o fim. E os louvores, as despedidas, as saudades.

A morte, inconsútil e flagrante como um bloco de pedra, parecia mais consistente do que a vida.

Na sepultura da família, a terra recém-revolvida, deparei-me com meus mortos de porcelana. Vovó Doninha, jovem ainda e já com semblante doentio, de uma feiura rara, ao lado de um avô de rosto equino, que não cheguei a conhecer. Tia Beá sorria com ar conformado, como se me dissesse, veja, Inácio, no que nos transformamos, esse, o nosso destino, o destino de todos. Felinto parecia espantado demais com alguma coisa que só a ele era dado ver. Ifigênia, em uniforme escolar, fitava-me longamente com os olhos mais retintos, os mais tristes do mundo, a contar-me algo da sua vida, ou seria da sua morte, solidão mais feroz? Teresa, a mocinha contemplativa, que como a outra, a de Ávila, vivera por muitos anos num convento de carmelitas, também partira pouco tempo antes de mamãe. Para que não lhe roubassem a alma, tia Florinda se deixara fotografar de olhos fechados.

Os gêmeos não estavam ali. Mortos sem túmulo nem fotografia, haviam debandado cedo de casa, caindo no mundo ainda adolescentes, e mamãe, sem tirar do armário o vestido dos lutos, enterrara os filhos caçulas no coração, toda uma noite desabando dentro dela, uma ausência duplicada que lhe arrancou do olhar a última chama branca, que lhe esmigalhou no peito o derradeiro naco de esperança.

Da escuridão, mamãe me acenava o adeus que não pude lhe dar, e naquele instante dilatou-se em mim a enormidade do menino que sua morte tornava mais órfão – como era possível que eu continuasse existindo na vastidão de um mundo desabitado por mamãe e Ifigênia, que não pudesse vê-las nunca mais?

Ninguém quer acordar desse sonho que é a vida, Inácio, por pior que ele seja. Palavras de mamãe, que mais tarde vieram a perder o sentido, quando ela, coitada, descobriu que se enganara, que algumas pessoas escolhem acordar se o sonho é feito de escuridão e deserto.

Rasgou-me o peito súbita vontade de chorar, por mamãe e Ifigênia, por todas as coisas que tinham deixado de ver, o brilho das manhãs, as ondas verdes nas encostas, o voo nupcial das rainhas ao entardecer, o debrum alaranjado do sol se pondo por trás das serras, a imensidão das noites enluaradas, por tudo que não mais podiam sentir, o vento no rosto, o perfume das catleias, o calor do sangue a lhes correr nas veias, pelo que tinham deixado de ser e no que se transformariam, pedaços de carne devorados pelos vermes, húmus a nutrir o solo.

Quis chorar, mas há muito desaprendera o sal das lágrimas, desde quando elas me eram proibidas e eu tinha que me esconder para chorá-las, porque em casa de Joaquim Boaventura não se podia chorar à toa, e mesmo o pranto mais legítimo era punido com bofetadas.

Aqui estás, Inácio! – papai trovejou, a voz sem a mínima modulação de alegria ou dissabor, de desconfiança, inquietação, ou de qualquer outro sentimento. E medindo-me com o indefectível olhar – naquele olhar não havia esquecimento –, como se me aguardasse precisamente àquela manhã, pousou a mão de espora em meu ombro.

As boas regras ditavam que pais e filhos deviam se abraçar em momentos como aquele, mas eu não sabia como me aproximar, tampouco ele se deu ao trabalho de esboçar um aceno que fosse com esse propósito. Em tempo algum tínhamos aprendido a nos apertar as mãos, a nos dar os braços, a nos tocar – quando garoto, roçava os lábios no dorso da mão que ele me estendia desatento, cada vez que eu lhe pedia a bênção. Que eu me recordasse, em tempo algum havíamos ensaiado um mínimo gesto de afeto.

Num dia remoto e impossível de lembrar, papai teria me aninhado em seu colo, segurando-me a mão durante uma exibição da banda de música no coreto da praça, guiando-me talvez numa procissão do Senhor Morto, ou numa festa de quermesse no oitão da igreja, com os cordões azul e encarnado, o leilão de galinhas, os vaqueiros em gibões de boniteza, quem sabe conduzindo-me ao mercado de rua em dia de feira.

Ah! A feira da minha infância, com as cantigas aboiadas dos trovadores, as rinhas de galo, e a compra, venda e troca de quase tudo que se fazia necessário para viver, coisas de comer, de se embelezar e de se alegrar, cereais, frutas, verduras, legumes, panelas, pratos e talheres, roupas, pentes, perfumes, espelhos, e ainda bichos de leite, de corte e de montaria, cabras, bodes, aves, bacorins, burros, poldros e cavalos, e os de canto, pintassilgos, azulões, craúnas, sanhaçus, galos-de-campina, e até acauãs, as aves mascaradas de veludo negro e cantar soturno, uma passarada que enchia de harmonias e contrapontos os ouvidos mais surdos.

De outro modo, teria me acomodado sobre os ombros para atravessar um regato, um terreno acidentado – vez em quando me ocorre, lembrança ou sonho do meu pai me erguendo e me ajeitando numa cadeira de ferro, meus pés sem chão, as pernas a balançar no nada, num ambiente cheiroso a álcool e leite de colônia, com homens lendo jornal e falando alto em meio à chiadeira de um rabo-quente e ao zum-zum de um ventilador, um pano branco preso ao meu pescoço, uma bombinha borrifando-me água na cabeça e uma esponja deitando-me talco na nuca e atrás das orelhas. Uma tesoura, um medo. E no fundo do espelho a imagem de um homem de pé, os braços cruzados sobre o peito, o olhar apertado sobre mim.

Foi com surpresa que ouvi minha voz tremer ao lhe pedir a bênção, pai? Recendia a fumaça e a suor envelhecido na roupa, o mesmo odor rançoso e repulsivo de quando íamos caçar enxames, colher mel ou trocar os quadros das colmeias.

Muitos janeiros no espinhaço, hein, rapaz?, perguntou, as mãos recolhidas, para meu alívio, num tom afirmativo e cantado que suspeitei desdenhoso, como se os anos tivessem passado somente para mim, um princípio de sorriso nos cantos da boca

fanada, que talvez nem fosse um sorriso, e sim uma contração involuntária ou um esgar de impaciência – uma vida inteira lidando com abelhas, e não aprendera nenhuma doçura.
 Como vai o senhor?, indaguei numa entonação firme, tentando aparentar uma naturalidade que estava longe de mim. E continuei, esforçando-me por manter o tom desenvolto, e então, pai, Damiana me disse que ainda cria abelhas, muitos enxames por aí?
 No silêncio que se seguiu, tive a impressão de que não me escutara, e presumi que os anos haviam lhe roubado também um tanto da audição. Tomado de um sentimento ambíguo de aversão e piedade, enquanto o estômago começava a se retorcer, insisti, numa inflexão mais forte, e, no instante mesmo em que acabei de falar, a pergunta me soou ridícula, não se cansou dessa vida de caçar abelhas e colher mel, pai?
 A peleja caleja, mas o bom da vida é a luta, grunhiu, e um corisco correu-me o corpo, deixando seu rastro de incêndio.
 Faltava-me coragem para observá-lo fartamente, sem dissimulações, de avaliar o rosto, os talhos das rugas, a barba branca por fazer, a papada sob o queixo, o grotesco pescoço de peru, a caricatura do homem marcante, de estatura majestosa e traços bem-proporcionados, do Joaquim Boaventura que um dia se bastara na força de ossos e músculos, na posse de sua terra, uns palmos de chão herdados dos bisavós de seus pais, na convicção de que Deus lhe dera o que lhe cabia por merecimento, uma mulher para amá-lo e servi-lo, e uma família para respeitá-lo.
 E ainda que os olhos continuassem alcançando enxames em ocos de árvores e gretas de pedras, nos mais improváveis buracos, e se fartando do ouro dos dias e da prata das noites que se derramavam do céu, daquele todo verde e castanho a

se espraiar pelos flancos das serras, e preservasse ainda uma certa habilidade no manejo das colmeias, a língua apurada para a exatidão ou a impureza do mel, ali estava meu pai, desapossado da dignidade que a juventude confere ao homem, humilhado pela velhice – qual de nós dois a vida derrotara com mais violência?

Está chovendo lá para as bandas da Maniçoba, disse, erguendo a cabeça e abanando um indicador para o nascente, as auréolas de suor debaixo dos braços, uns filetes pretos nas dobras do pescoço, o arremedo de sorriso pairando na boca – por certo lhe faltavam alguns dentes.

Olhei na direção apontada e, vendo os blocos de nuvens que enegreciam o horizonte, balancei a cabeça, concordando. Por que não me perguntava de uma vez o que viera buscar aqui?

Com um meneio de cabeça, intimou-me a acompanhá-lo, não lado a lado, mas da forma antiga, ele à frente, eu logo atrás, o senhor e o vassalo, o mestre e o epígono, despreocupado do fato de eu não ser mais o garoto que ele comandava com o olhar, sem se importar minimamente com o que eu poderia pensar ou sentir.

Meu estômago escoiceava numa náusea de mil cacos de vidro. Mal acabara de reencontrá-lo e já desejava perdê-lo de vista. Enganara-me ao pensar que pudesse invadir a colmeia do passado e sair são e salvo. Ali, diante dele, eu era novamente o menino que se embrenhava na mata para escapar dos castigos. Por menos, um meio homem, o rosto ardente de impotência e vergonha. Tal o filho do senhor Hermann, a parte de trás esmagada por um pé – um pé condescendente –, eu era um verme a escapar, ainda e sempre, a se arrastar rumo a lugar nenhum.

Não podia descuidar, abaixar a guarda, desmerecê-lo. Nele ainda havia força considerável para me punir ou recompensar, a depender da sua disposição, para me causar danos, moer o que restava de mim, reduzir-me a nada. A despeito do tempo, a despeito de tudo, inclusive, e, sobretudo, de sua visível fragilidade física, papai não se deixara sucumbir, não renunciara ao homem dos mandos e desmandos, àquele a quem o mundo não dava ordens.

Uma cigarra de canto áspero me assaltou os ouvidos. Que droga estava acontecendo ali? Então, a existência daquele pai continuava me atingindo com a mesma intensidade? E se estivesse a descoberto, em meu olhar, em minha fala, em meu corpo, o que se passava dentro de mim naquele instante, aquela sensação de estrangulamento, de que alguma coisa me subia do baixo-ventre à boca, em zigue-zague e em jorros ardentes? E se eu não conseguisse dissimular a agonia que sua presença sem perdão me provocava?

Segui-o em direção a casa dentro de um silêncio enervante, que eu quase podia tocar, uma película a nos envolver, uma bolha de largura imponderável que, se eu quisesse, se eu fosse capaz, arrebentaria com o ferrão de uma única palavra, um nome de mulher, e o passado entornaria seus estilhaços espúrios sobre nós.

À frente, sob a camisa encardida e molhada de suor, as costas do meu pai, já não tão largas nem eretas, trouxeram-me a lembrança de um pesadelo recorrente em que eu, empurrado por uma garra surgida do nada, e em meio à sensação de estar despencando num abismo, e ouvindo, abaixo de mim e a uma distância imensurável, um som que eu adivinhava de muitas águas a rolar e a se quebrar em caldeirões de rochas, olhava para cima e num súbito reconhecia as costas indiferentes do meu pai, de onde irrompiam duas asas monstruosas, umas rêmiges de rapinante a roçar o chão, afastando-se sem que o meu grito, abrindo caminho por dentro de mim e alcançando Ieda em seu sono, pudesse fazê-lo voltar-se em minha direção.

Se houvesse me perguntado por que voltei, talvez pudesse ter-lhe dito sei que não te resta mais muito tempo, pai, e não penses que, morrendo, irás para o paraíso gozar com as onze mil virgens de Santa Úrsula, teu lugar está guardado lá embaixo, onde te debaterás em fogo lento, sem tempo e sem destino, selva de nenhuma luz, e rugirão infinitamente dentro de ti um tigre, um leão e uma loba, então, vamos logo passar a limpo nosso passado infame, acertar as contas, começando lá de trás, do dia em que mataste o meu cão, e não metas Deus nisso, esquece Deus, deixa Deus em paz. Nunca me enganaste, pai. Desde cedo atinei para tuas noites insones, teu inferno, teu crime. Ameaçavas teu rebanho com o verbo espúrio de uma moral que tu mesmo cuidavas de transgredir, e enquanto o inferno balouçava sob nossos pés, tu te lambuzavas no jardim das delícias. Bem sei que recalcaste tua paixão com uma ira encarniçada, um ressentimento contra o mundo que não te permitia vivenciá-la em plenitude. Encobriste tua paixão com a máscara do patriarca, do guardião dos bons costumes, do homem reto e religioso, cidadão respeitado e cumpridor dos seus deveres, mas não de mim, pai, sangue do teu sangue, carne da tua carne, de quem arrancaste a inocência com o peso da tua falta. Assinalavas em mim o pecado, e o pecado, em toda a sua bestialidade, flamejava em tuas mãos de sátrapa, em tua face farisaica, em teu olhar de canga.

Com o propósito de me punir por algo tão flagrantemente banal que nem sequer me recordo, sacrificaste meu cão, e nem mesmo o fizeste em nome do teu Senhor, numa judiação de abalar a consciência mais fria, e ainda botaste fora a cruz que finquei no túmulo, que bicho bruto não tinha alma, não! Como não, homem ignorante, se ainda padeço a evidência da alma do pobre animal no olhar agoniado, se ainda ecoam dentro de mim, ainda me estrangulam os ganidos entremeados à tua voz desvairada de justiceiro?

Se não te recordas, posso fazer-te evocar cada segundo daquela tarde em que tu, sob as vistas de todos e da rogação débil e inútil de mamãe, amarraste o bicho no tronco da jaqueira e o apedrejaste com gosto, até só restar uma coisa amorfa, um molambo sanguinolento que carreguei nos braços enlutados, uma nódoa perene na camisa e na alma.

Acovardados, encolhidos em nossa humilhação, porque, hás de concordar comigo, pai, o medo é sentimento capaz de retalhar a integridade de qualquer um, assistimos estatelados a mais uma demonstração da tua barbárie, enquanto o teu Deus, o que concebeste, tão primitivo e poderoso quanto tu, quedava-se distraído, mais uma vez.

Em nome desse Deus e amparado em lendas bíblicas, alegorias crísticas, salmos, versículos, novenas, terços, penitências, criaste teus filhos com severidade e frieza, mas comigo, pai, especialmente comigo, por razões que me eram obscuras, ias além, confessa, confessa que me querias comendo no cocho, gastando o couro ao sol e à chuva do pasto, carregando no lombo teus picuás, balançando o rabo à tua passagem, lambendo a merda nos teus coturnos, e que quando me encaravas com teu olhar de domador querias aniquilar o infame e o absurdo que existia de ti em mim.

Para que não cresças fraco nem insolente, afirmavas de dedo em riste, cheio de verdade, para que não te tornes refém do pecado!

Olha agora em torno de ti, Joaquim Boaventura – teu nome é uma fraude –, o que vês? Apodrecemos de medo. Sentes o miasma que empesteia o ar? Morremos todos de medo e silêncio, o inferno enterrado no peito.

Destruíste meu primeiro amor. Meu único amor. Quanto me deves, pai? Ah! Reconheces que a essa altura tua dívida é impagável, e que, tendo me dado a vida, tu, feito animal que devora a cria defeituosa, a tomaste impiedosamente de mim.

À porta da frente, Damiana gesticulava com estardalhaço, indicando que o almoço logo seria servido. Papai seguiu direto para casa, sem se dar ao trabalho de me perguntar por que me desviava dele, aonde eu estava indo. Tomei o pátio lateral, para onde se abria a janela do meu quarto, e estaquei – nada em minha vida, do que fora minha vida, e que ali desabava com força sobre mim, havia sido maior do que as noites em que eu me afundava ao saltar por aquela janela, sem medo do escuro, sem medo de coisa alguma.

Olhei fixamente para o sol, tão próximo que se eu estendesse a mão poderia tocá-lo, e o vi espatifar-se em serpentinas cintilantes, faúlhas a dançar dentro dos meus olhos, um calor de estio na pele, um queimor de forno na cabeça, algo a chacoalhar e ringir dentro de mim.

Encaminhei-me ao banheiro nos fundos. Desafogada a bexiga, banhados o rosto, as mãos e a nuca, recuperei alguma estabilidade e tornei a casa pela cozinha saturada de odores quentes. Papai já se encontrava à mesa, os olhos fechados, as mãos postas para a oração de graças, sentado à cabeceira, na cadeira forrada de um veludo vermelho agora esmaecido, com Damiana em pé, à sua direita, para servi-lo, servi-lo devotamente até a morte – reinavas ainda, pai! –, menos por promessa a mamãe do que por um genuíno sentimento de gratidão à família que a acolhera desde menina.

Damiana tentou inutilmente entabular uma conversa que não se sustentava. Ao fim de cada uma de suas frases, uma reticência estendia as asas de silêncio sobre nós. No ar abafado, o passado era um cheiro fétido, embaraçoso. De vez em quando, eu erguia a cabeça e flagrava papai desprevenido, medindo-me com um olhar vulnerável, remoendo uma suspeita, um filete amarelado de molho a lhe escorrer pelo queixo, pelas pregas do pescoço. Mais do que depressa descia o rosto para o prato de porção modesta – iam-se os tempos das refeições pantagruélicas, das carnes nadando em gordura, da pimenta triturada sobre o feijão, do sal a gosto –, por certo se perguntando o que diacho o filho da puta tinha vindo fazer aqui, hostilizá-lo?

5

Durante muito tempo acreditei que algumas coisas que nos acontecem – mesmo as mais significativas, e até as que nos fizeram extremamente felizes – devem ser mantidas em segredo, porque assim parecem maiores, mais nossas, mais eternas. Todavia, chegando aqui em Perdição, esbarrei em minha vida enleada em sombras, e decidi que cumpria arrancá-la do fundo do porão e lhe espanar do lombo o pó do silêncio, enfim, destrinchá-la com a honestidade que ela merece, consciente de que as palavras, em sua maior serventia, não dão conta dos mistérios de existir.

Sim, escrever a vida sem tentar ser exato ou coerente a qualquer custo, o que tenho feito do amanhecer ao anoitecer, em horas compridas, frouxas, com essa angústia desimpedida a esgravatar meu peito, com essas imagens a agonizar aqui dentro, algumas tão vívidas, outras, difusas, quase ilusórias, inventando-me, reinventando-me, memórias mal alinhavadas de um velho escrevinhador acuado por fantasmas – continuo ouvindo o guincho de suas correntes, sentindo o bafejo gelado em minhas costas.

Damiana perguntou-me se estou escrevendo um novo livro, e eu lhe disse que não, que abandonei o ofício, quando deveria ter-lhe esclarecido que escrever não significa ser escritor, coisa que nunca fui de verdade. Insatisfeita com a minha resposta, quis saber o destino de tanto papel, de tantas palavras. Calei-me, e ela, contrafeita, afastou-se, balançando a cabeça e resmoneando.

O que farei ao final deste relato? Subirei ao topo de Perdição, um mundo velado pelos guizos frios do vento, onde se ergue e se espraia um cenário de alturas, larguezas e ondulações, paisagem de uma quietude espessa, onírica, de uma imponência que meus olhos mal conseguem sustentar, e que contrasta com o espaço estiado e sem saída, com a terra de cercas e desalento que me habita, e do seu parapeito secreto jogarei para o alto o manuscrito que tenho aqui em minhas mãos, folha por folha, numa espécie de liturgia do fim, afugentando com meu gesto os pássaros de sonho, os deuses emplumados que mergulharão no milagre azul dos seus voos, e minhas palavras dançarão ao ritmo da ventania, valsa triste sob um céu de nenhuma sombra – eu sou a Sombra, *e o animal inferior que urra nos bosques é com certeza meu irmão mais velho* –, fragmentos de uma vida que se espalharão pelos flancos da serra, que se enterrarão em grunhas e grotões, os restos mortais de um homem, suas cinzas de solidão, sua linguagem do adeus.

Pela janela aberta contemplo as covoadas de montanhas que bordam a vastidão do horizonte, a torre da igreja matriz entalhada no céu malhado de nuvens de opalina, a manhã de madrepérola a coroar as copas das árvores, os lajeiros, as barragens, os telhados, as cumeeiras enfumaradas, os escombros de uma casa de farinha. No plano inferior, a perder de vista, espelhos d'água, tufos verdes de milho e macáçar, alvos rebanhos, pastagens, baixios, capoeiras, tabuleiros, mofumbos.

Por que voltaste? Para quê, Inácio?, Damiana interrogou-me, passada a novidade dos primeiros dias, o alarme a se agitar em seus olhos.

Não se pergunta a um pássaro a razão do seu retorno ao ninho, Damiana, e ela, encarando-me com um ar de reprovação, ora, Inácio, o pássaro volta porque é inocente! Que pássaro se mantém inocente quando escurece, quando as entranhas da noite se fartam da toada arcaica, de pios de corujas, ruflar de asas de morcegos, vagidos de raposas, ladridos em coro de cachorros perdidos na mata, e o coração do pássaro, violado por um mistério, alça voo para mais perto da vida?

Só há inocência onde o passado não existe, Damiana. E ela, entronchando a boca, e não foste tu a engenhar o teu, Inácio?

Sim, um passado de horas grandes e caudalosas, com a cambraia branca do céu estendendo-se sobre o leito de pedra, cobrindo de prata a nudez do meu primeiro amor, universo de texturas e cintilâncias, abundâncias siderais que se ampliavam ao toque das minhas mãos, enxames estelares que me esbraseavam os olhos – tanta luz era capaz de cegar; tanta luz era capaz de matar.

Quando a casa ressonava, e dos abismos da noite erguiam-se as notas compactas de um silêncio de pedra, eu me esgueirava pela janela do quarto e corria até o Lajeiro da Moça, onde ela já me esperava, vigiada por uma lasca de lua, por espíritos noturnos disfarçados de vaga-lumes. E o amor, aprendizado de estrelas e sortilégios do tempo, fazia-se longo e paciente como o Caminho de Santiago, um poema de mãos e lábios que arreganhava em mim as presas de um lobo, as plumas febris de um pavão – indagávamos às estrelas o nosso futuro, e da vastidão de um mundo longínquo elas se negavam a nos dar respostas.

Lá embaixo, no vale envolto em sombras, bruxuleava o amarelo mortiço das luzes dos postes. Na abóbada acima de nossa cabeça, cintilavam Órion, a clava e a espada brilhantes, os cães de caça, nomes que nos enchiam a boca de leite e de luz – um dia tu me tomarás como esposa, e teremos uma filha que se chamará Andrômeda.

Estou de volta. Vim para colher o lírio desses dias que desabrolham ao cantar de galos, Perdição, Perdição, Perdição, e que no crescer das horas vão se alteando ao meio do céu, e se dilatando, e escorrendo pelas vertentes da serra em corolas fulvas, em talhadas de luz que refulgem sobre roxos, azuis, nanquins, ocres, escarlates, despetalando-se, por fim, em poentes de ouro e púrpura.

Mais tarde, embarcado na corredeira das horas mortas, refém dos estralados do armário, do assobio lamurioso do vento, do murmurinhar de folhas secas no telhado, serei assaltado por uma vigília que entreabrirá a porta para meus mortos, espanto de hálito frio na escuridão – mamãe lhes acendia velas, como se fiapos de luz pudessem atravessar o nada, mortos de instantâneos e santos de gesso lado a lado no oratório, compartilhando o espaço da devoção.

Voltei para juntar os cacos dos dias partidos, manchados de terra e sangue, para recolher fragmentos de vidas atrás das portas fechadas e, com mãos pacientes, compor o mosaico de ontens irrevelados.

Damiana tem me seguido pela casa, arrastando os pés roliços nas alpercatas de couro, numa conversa frouxa, a desconfiança nos olhares enviesados, perscrutando-me, buscando um entendimento para minha inviável presença, que se alonga, que não dá mostras de chegar ao fim. Disfarça mal e parcamente uma súplica que posso ler em sua voz, nos gestos, no olhar, oh, Inácio!, para o teu bem, volta para tua mulher e tua filha!

Não compreenderia se lhe dissesse que durante todos os anos em que estive ao lado de Ieda e Isabel experimentei com frequência a sensação de que a vida, a vida real, a minha vida estava em outro lugar, como se ali, ao lado delas, eu fosse apenas um personagem investido de determinado papel, de certo modo conveniente, que me tinha sido oferecido sei lá por quem, porque eu não me lembrava de tê-lo escolhido, eu simplesmente aprendera as falas com relativa facilidade e, ao menos a princípio, tivera um desempenho razoável, que, ao longo das temporadas, fora se tornando cada vez mais sofrível, até as falas e os atos restarem impraticáveis, até eu ter de me retirar de cena.

Foi Ieda quem me quis. E o seu querer estava acima das minhas forças.

Quando a vi pela primeira vez, pareceu-me uma daquelas personagens que transpõem o portal do tempo e vêm cair num futuro longínquo. Chamou-me a atenção o tipo longilíneo, de traços áticos, a pele alva, impossivelmente fina, transparente como um papel de seda, à vista o anil dos rios que lhe davam vida. Além dos cabelos longos, num tom de estigma de milho, Ieda exibia um langor que se derramava dos olhos garços, e umas covinhas nas bochechas e no queixo que lhe conferiam um ar pueril – a esquecer, eu tinha a inesquecível morenice de uma pele, a mata negra de uns cabelos, a forja de um olhar.

Enquanto suas colegas apertavam-se em *jeans* e camisetas, Ieda usava uns vestidos largos, de tecidos diáfanos, esvoaçantes, com motivos florais, e umas sandálias rasteiras que deixavam à mostra os pés mais delicados, os mais bonitos que já vi.

Ao caminhar numa cadência segura e graciosa, e dirigir-se às pessoas de forma espontânea, encarando-as com um olhar direto, limpo, certa de estar sendo ouvida, e alongar os lábios de um canto a outro num sorriso íntegro, lembrava-me uma Brígida soberana de si e do seu abundante universo de cabras e crianças, jardins e pomares, e para invocá-la me era suficiente fechar os olhos, e lá estava ela, banhando-se em fontes de águas doces, dançando em torno de uma fogueira.

 Diferentemente dos demais alunos, eu não costumava deixar a sala para flanar pelos corredores e áreas de convivência, sequer para comer na lanchonete, locais onde a estudantada se reunia nos intervalos entre uma aula e outra, e quando o fazia, era unicamente para me enfiar na biblioteca. Permanecia sentado no fundo da sala, numa espécie de dormência.

 Vez ou outra, quando estava chegando ou saindo, ou quando me dirigia à biblioteca, e Ieda passava longamente por mim, toda pernas, costas e cabelos, arrebatando-me daquele embotamento, eu me apercebia da minha própria invisibilidade, fato compreensível, considerando o sujeito maljeitoso que eu era. E até achava conveniente que eu lhe passasse despercebido, assim podia espreitá-la à vontade e pelo tempo que quisesse, sem me preocupar em não lhe parecer impertinente.

 Andava amiúde de cabeça baixa, ou desviando o olhar dos rostos que cruzavam comigo, como se meus olhos pudessem me delatar, como se neles estivesse gravado meu delito sem testemunhas. Então, admito que foi por minha exclusiva culpa que Ieda se viu praticamente obrigada a me conhecer.

 Arrastava-me para fora da sala, não me lembro a propósito de quê, em minha mórbida timidez, intensificada pela dor humilhada e confusa que eu carregava no lombo desde o dia em que saíra de casa, e, ao atravessar a porta, trombei com alguém que naquele instante passava pelo corredor, por muito pouco não me estatelando no chão.

Atrapalhado, quase não consegui articular um pedido de desculpas. À minha frente, como saída de um sonho, Ieda encarava-me com uma expressão de surpresa divertida, numa clara evidência de que não se aborrecera. Tentei dizer alguma coisa e só consegui gaguejar, o que a fez sorrir de uma maneira adorável, prelúdio dos sorrisos de covinha que eu iria desfrutar a partir daquele dia, embora estivesse longe de mim prenunciá-los, e não pude deixar de pensar em como era agradável tê-la por perto, em como era bom olhá-la.

Enquanto dizia algo de que não mais me recordo, e o tom de sua voz era de uma doçura infantil, foi me ajudando a apanhar papéis e livros que com a colisão tinham voado de nossas mãos, espalhando-se pelo chão do corredor. Naquele abaixa e ajunta, apresentou-se, apertando-me uma mão livre, e acrescentou que coincidência, também estou lendo *Os irmãos Karamázov!*

Ieda me disse muitas vezes que foram os livros que nos jogaram nos braços um do outro. Nunca discordei, mas, no fundo, penso que, embora falássemos a mesma língua, uma outra coisa foi determinante no nosso encontro, algo que vinha de dentro dela, e que eu pensei ser capaz de apaziguar minha dor.

Parecia-me um milagre conseguir ouvi-la sem arredar meu olhar do seu, articular as palavras adequadas e não corar, nem atropelá-las com a língua, ser capaz de lhe apresentar a minha única riqueza, o que eu sabia da vida dos outros, porquanto falar de mim era algo de todo impensável, e naturalmente tudo que eu sabia vinha dos livros, um mundo que me despregava da realidade, um nicho de salvação ao qual eu me agarrava com força, um deus que não me tolhia nem me intimidava, a quem eu devotava meus mais alentados pensamentos, amor incondicional e definitivo, porque tudo me podia ser tirado, mas em qualquer tempo e lugar eu teria ainda comigo a angústia de Hamlet, a solidão de Ivan Ilitch, a ambiguidade de Madame Bovary, o remorso de Ródia, e suas patéticas existências me narrariam e me justificariam, e me fariam sentir que a vida se apiedava de mim.

Com a literatura como afinidade inaugural, passamos a nos ver com frequência. Mal podia crer que gostara de mim, a despeito do meu retraimento e aspereza, da minha penúria, que me aprovara num momento em que eu me sentia o mais pusilânime, o mais indigno, o menor homem do mundo.

Ieda resgatou-me provisoriamente do fundo de um porão entulhado de espectros. Ofereceu-me uma clareira, quando eu vivia enredado numa mata de cactos e cipós. Alumiou o meu inferno com uma alegria solar, uma intimidade com o mundo, um entusiasmo pela vida a que eu assistia deslumbrado, como uma revelação.

Inocente de mim, do sangue podre que me corria nas veias, da minha vergonha e fraqueza, apresentou-me aos amigos, aos irmãos e ao pai – perdera a mãe ainda adolescente –, um homem amável e eloquente, de riso cheio, adorado pelos filhos, que tomava a vida de talagada, e que, vencidas as suspeitas iniciais, recebia-me em sua casa com estardalhaço, abraçando-me, batendo-me nas costas, que chorava ouvindo Elizeth Cardoso cantar *Nossos momentos*, recitava Carlos Pena Filho e Jorge de Lima diante da pequena plateia familiar, e ainda me fascinava com os grandiosos solilóquios de Hamlet, Macbeth, Lear.

Tudo aquilo me era absurdamente novo, sobretudo aquele pai. E sem que eu desse por mim, Ieda apossou-se da minha vida.

Faltaria com a verdade se dissesse que em algum momento não a desejei. Todavia, eu a desejava como se deseja algo que passa à distância da nossa realidade, sem qualquer expectativa, tanto que foi com espanto e gratidão que a vi se aproximar e, como uma menina que leva para casa um gato de rua, o pelo duro de desamparo, os olhos feridos de desesperança, tomar minha alma, aconchegá-la, afagá-la, dar-lhe de comer e beber, tornando-a assim menos indigente.

Embora a admirasse, e me envaidecesse o fato de tê-la comigo, Ieda me surgira tarde demais, e, sim, hesitei, cheguei a me esquivar, tardia e frouxamente, confesso, quando já me apegara a ela, ainda que de forma contida, entre outras razões, porque habitávamos mundos desiguais. Enquanto a moça vinha de um universo largo, branco, harmonioso, que não me tangia profanar com as minhas insuspeitadas mãos, eu patinava num terreno estreito de mandacarus e pedras bicudas, região de sombras ferozes que ela nem de longe supunha existir. Aonde poderíamos ir juntos?

Não inventei um Inácio para Ieda, até porque carecia de ânimo e habilidade para tanto. Apaixonou-se e casou-se com um inventado por ela mesma, e ainda o tornou pai de sua filha. Malgrado a minha incompetência para me relacionar, creio que, por algum tempo, aquele em que nossos corpos se entendiam, tivemos uma convivência equilibrada, e é quase provável que, ao menos naquele momento, tenha sido feliz ao meu lado.

Logo irromperam os desapontamentos, as queixas, as lágrimas. Atribuía-me a culpa de me mostrar outro, de ter uma vaga lembrança do Inácio que conhecera na faculdade e com quem se casara. Eu reconhecia o erro de haver consentido que me idealizasse, que não me olhasse de frente, que cerrasse os olhos para a parte mais substancial de mim, o que sou verdadeiramente, o que sempre serei, solidão e loucura.

Não esperávamos Isabel, mas foi ela, em sua imensa fragilidade, quem veio restaurar uma certa estabilidade em nossa vida. Pasmo e reticente a princípio, acabei por me empenhar naquilo que parecia parte de um estratagema do destino. Ser pai, o que significava aquilo?

Reencontramo-nos em meio à parafernália de mamadeiras, fraldas, chupetas, potes de algodão e cotonetes, óleo de limpeza e pomada para assaduras, em noites infindáveis de vigília, com Isabel a chorar e espernear por razões nem um pouco óbvias, fome?, cólica?, dor de ouvido?, quando menos, a mamar de três em três curtas horas para depois, e novamente, e sucessivamente, arrotar agasalhada em nossos braços, e adormecer com uma cantiga de ninar soprada em seus pequeninos ouvidos.

Construímos assim, a duras penas, uma cumplicidade cotidiana, e por que não dizer, uma forma de amor que perdurou por alguns anos, tempo em que compartilhamos e acompanhamos o desenvolvimento de Isabel, os aprendizados básicos, as letras primárias, os breves sonhos e frustrações, perplexidades diante de uma vida que se descortinava, uma autonomia que ia se elaborando e se fortalecendo sob nossos olhos, sob meu coração aflito – aquele, o sentido da paternidade. E se minha filha montasse a vida e ela a escoiceasse como fizera comigo?

Não posso precisar o instante em que nosso entendimento, acalentado pela presença de Isabel, começou a se esfarrapar. Essas coisas ocorrem imperceptivelmente. Um dia, o prazer de estar juntos, a ausência do outro duramente sentida, mais um dia, os indisfarçáveis cansaço e intolerância, e no outro, a indiferença. Bem que aquilo não servia para nós, uma relação desigual desde o início. Eu me deixei amar por Ieda. Não me obrigava a nada, não me pedia nada, nem gestos nem palavras, nem mesmo uma declaração do meu sentimento por ela, qualquer que fosse. Que mal seu amor poderia me fazer?

Mas não fui eu, foi ela quem teve a ilusão de que ele seria suficiente para os dois, que bastaria para me manter ao seu lado.

Eu a traía com frequência. Deitava-me com colegas e alunas, até mesmo com algumas das suas amigas – relacionamentos casuais, restritos a quatro paredes, páginas em branco –, e ainda levava para nossa cama a memória das mulheres das ruas, *brancas bacantes bêbadas*, e das impossuíveis, aquelas em quem só me era permitido arremeter os olhos, flautas mágicas, favos de fantasia, de onde manava o néctar que aplacava transitoriamente a consciência do absurdo da vida – o ventre feminino como único território de transcendência.

De início, apenas suspeitava. Depois começaram a lhe chegar histórias, inteirando-se delas sem que eu pudesse evitar – quem pode evitar que as pessoas nos denunciem, que revelem nossas faltas e nos desmascarem, se isso lhes dá prazer?

Que me insultasse, e me amaldiçoasse, e me mandasse embora, teria sido justo, mas não agia assim. Longe dos ouvidos de Isabel, escorava sua mágoa contra mim num tom de voz desvanecido que destoava da Ieda que eu conhecia, por quê, Inácio, por que tornas as coisas tão difíceis, o que te leva a buscar lá fora o que tens em casa, por acaso eu te falto?, achas que eu mereço essa dor, essa humilhação?, um poço de egoísmo, Inácio, é o que tu és – não se enganava; sou um homem na contemplação obsessiva da própria dor.

Eu a ouvia sem me manifestar minimamente, sem lhe opor nenhuma resistência, os olhos colados no chão, às vezes, com piedade – por que condescendia, por que se prestava àquilo? –, outras, com impaciência, ou alheado, ocupado com meus próprios pensamentos, quando ela se estendia, ou se repetia. A partir daí, Ieda fechava-se em copas, e se instalava entre nós um mal-estar que se prolongava por alguns dias, sem que eu ensaiasse um único gesto ou pronunciasse meia palavra para interrompê-lo ou amenizá-lo. Não fazia o menor sentido, e seria, mais do que hipocrisia, estupidez prometer-lhe doravante uma fidelidade que eu, em minha inquietude carnal, seria incapaz de cumprir, ou pedir-lhe perdão, quando tinha certeza de que logo estaria vivendo uma nova e fugaz aventura.

Curiosamente, depois de algum tempo deixou de se queixar. Talvez os bisbilhoteiros houvessem desistido, ou ela tivesse deixado de escutá-los. Quem sabe não lhe importassem mais meus proclamados e consumados casos, o que eu fazia ou deixava de fazer lá fora. Quem há de saber o que se passa na cabeça de alguém, o que acontece dentro do outro? Não obstante tal ignorância, eu acreditava que, de outra maneira, e contanto que eu não me desgarrasse, que não desertasse do nosso mundo, Ieda teria se conformado com o inelutável, aceitado aquela situação, o que não queria dizer que intimamente deixara de lamentá-la.

Nobreza, abnegação, generosidade? Amor – o mais impressionante naquele amor, que a envergonhava, e a menosprezava, e a fazia padecer, era que ele não perdia a força, não minguava, não se esgotava. Então, o amor podia ser tudo aquilo, uma grandeza de espírito aliada a uma persistência triste e incompreensível, mas podia igualmente ser uma fraqueza. E imaginando que sofresse em silêncio, ou que se desafogasse com alguém da sua confiança, sentia-me um tanto quanto aliviado por não ser mais eu a ouvi-la.

Eis-me aqui, mesmerizado por lençóis brancos que Damiana pôs para quarar em estacas, onde se agitam como barcos à vela num mar de imburanas e flores silvestres. Um casal de pavões esquenta-se ao sol, soltando uns guinchos agudos, enquanto desfila pelo pátio a plumagem deslumbrante. Em sua casaca de poá, uma pedrês ora escavaca o chão, ora dá pequenas rabiçacas de cabeça, como se escondesse uma mola no pescoço. Uruçus e mamangabas adejam em torno de botões de begônias arrumadas em um cachepô de lata que adorna o parapeito da janela. Um colibri, em manobras harmônicas, disputa com as abelhas um espaço para o bico. Cigarras, encandeadas de luz e mormaço, estalejam de peito ao vento. Lãs de barriguda flutuam no ar, numa brancura de miúdos anjos de sonho.

Alguns lugares são tão grandiosos, tão sublimes, que um homem, estando neles, consegue esquecer-se de si e de sua miséria, e ao menos momentaneamente sentir-se livre, ou feliz, o que para muitos dá no mesmo – por que não me desprendo de mim, por que não me abandono a esse reino de calidez e harmonia, de absoluta beleza?

Em meio ao vazio que cheira a mel e café torrado, a arroz--doce polvilhado de canela, que mamãe preparava nas tardes de domingo, e que Damiana me trouxe há pouco, para adoçar tua boca e tua alma, Inácio, desabo dentro do tempo perdido.

Parado à soleira, a chutar algum sapo renitente – quase sempre havia um sapo à soleira das portas –, o primo Felinto, como se não fosse surdo-mudo de nascença, bate o pé ao ritmo da música que papai tira no acordeom de cento e vinte baixos, o teclado pressionado pelos dedos grossos, a imensa mão de lixa na abertura e no fechamento do fole, enquanto lá em cima, no sótão, tia Florinda passeia a mansa loucura para lá e para cá, e mamãe, da cozinha, em meio aos seus alguidares e tranças de cebola, queixa-se da fuzarca e da desarrumação, culpa do pai de vocês, que vai largando tudo que é tralha por aí, como se a casa fosse depósito, onde já se viu?

 E as crianças? – imagens amadas, por que me escapam? Agora posso vê-las no pátio de chão batido em frente à casa. Teresa, de cabelos arrumados em duas grossas tranças, conduz um dos gêmeos pela mão, Marcos ou Mateus?, o outro apoiado ao quadril, enquanto Ifigênia corre atrás de uma cabra, o vento lhe enfunando a saia, sacudindo-lhe a crina. A alguma distância, Damiana chama a atenção de Teresa para que não se afaste com os pequenos, que aí vem chuva, e aponta para um céu de nuvens gordas, enquanto se curva para colher uma ramada de erva-cidreira.

 E eu? Onde me encontro? Ah! Aqui estou, embrenhado na mata, entanguido de submissão e pavor. Qual o meu pecado, pai?, grita o coração do menino. Um pai imenso, majestoso em sua fúria, maior do que toda memória, campeia o filho indócil. Passa rente a mim e não me enxerga, encantado que estou em minha dor, o corpo bruto de raiva, uma raiva fulgurante, que encandeia e aquece como um vulcão nas entranhas, e que me faz implorar a Deus que o carregue de nós, e não sendo possível, que não tarde em me fazer homem para que eu possa enfrentá-lo, calando-lhe a voz, detendo-lhe a mão que segura a corda, olhos nos olhos, tu não podes, pai, não podes mais.

 Ardem-me ainda os lanhos nas costas, nas pernas. Algum dia serei alforriado?

A voz de Damiana vem arrancar-me do peito a mão de ferro, que queres almoçar, Inácio?
Outra vez sozinho. Não, engano-me. Um ciciado de fantasmas enredados em suas memórias, absortos em suas culpas, confunde-se com o rumorejar do vento, o zunido das abelhas, o chilreado da passarada, com os ruídos da casa, um escorrer de água, um tinido de panela, um bater de porta. Por certo me acusam. Quem me absolveria?
Um velho passa devagar no caminho que corta o pátio da frente. Olha em minha direção e toca na aba do chapéu, numa espécie de cumprimento, sem parar de assobiar. Nos meus tempos de moleque, não havia morador num raio de cinco a seis quilômetros que eu não conhecesse. Todos os que cruzavam nosso pátio tinham algo para contar ou indagar. Seu Joaquim, aquela rainha já botou cria? E papai, lá de dentro, gritava estou perdendo a florada, e a danada não dá conta do serviço!
Aos sábados, dias de feira, uns quilombolas que viviam numa comunidade encravada num pedregal, a duas horas de caminhada de Perdição, desciam a serra muito cedo, à luz fina das horas primeiras, madrugada ainda, quando o céu se vestia de um rosa furta-cor e somente Felinto se encontrava acordado, com sua fala de mãos e lábios leporinos, alisando os bigodes à Carlitos ou pitando um cigarro de palha à porta do galpão, onde dormia cercado de colmeias vazias, ferramentas, silos, sacos de forragem e objetos de valia perdida, como uma cadeira sem estofo, um caldeirão desfundado, uma mesinha de canto sem pés.
Iam vender na cidade o que cultivavam em torno das casas ancestrais, erguidas numa área bordejada por cercas de pedras, catolés e renques de capim. No mercado ao ar livre,

improvisavam barracas com tampos de madeira e cobertura de morim, onde expunham algumas hortaliças, frutas, mandioca, feijão, milho e uma cerâmica de miniaturas, um reino de cavalos, vacas, bezerros, galinhas, porcos, e de vaqueiros, lampiões e marias bonitas, casais de noivos, bebês nos braços das mães, uma arte que abarrotava de magia os olhares infantis, tudo apregoado num tom cantado de banzo.

Retornavam de tardezinha, pela hora do ângelus, do sol tingido de pólen enterrando-se nas montanhas, homens e mulheres de olhares fugidios, tangendo burros vagarosos, as vitualhas desbordando dos alforjes, arroz, farinha, açúcar, sal, fumo de rolo, querosene, uma manta de carne-seca, o pão do dia, as vozes arrastadas de aguardente, Deus seja louvado, seu Joaquim, Deus seja louvado, dona Adalgisa!

Vem ver, menino, o boizinho, e a peça miúda crescia na mão da mulher, mais tentadora do que qualquer brinquedo que eu já avistara por trás dos armários envidraçados de alguma loja. Buscava no olhar de mamãe o consentimento para sonhar, e ela me sorria, sonhando comigo, mas bastava se voltar para papai e o sorriso se dissipava, murchando em seus lábios a confirmação do meu desejo. Corria para ela e mergulhava em seu colo, soprando em seus ouvidos a minha débil esperança, oh, mãe, eu queria tanto!

Queres ou não queres ser um homem? Toma tenência, Inácio!

Eu só queria sonhar, pai, e sonhar ainda, e sonhar sempre, porque o *homem, quando sonha, é um deus*, e não é nada quando lhe usurpam a única coisa que redime toda a miséria humana, o mel da vida. Pois não foste tu que inventaste as abelhas tão somente para sonhar, pai?

6

A caderneta, encapada em couro cor de rato, servia para anotar os períodos de floradas e entressafras, o número de colmeias ativas, as datas de vistorias e troca dos quadros, a média de produção por colmeia, o estoque, a lista com os nomes dos compradores, e era aproveitada também como livro contábil, onde eram registrados os lucros e as despesas com as duas colheitas do ano, suficientes para abastecer pequenos mercados, mercearias e uma fabriqueta de sabão numa cidade próxima.

Quando papai se foi, Damiana encontrou a caderneta metida no colchão da cama, não embaixo, como às vezes se costuma guardar coisas, mas no seu interior. Ao arrastá-lo para o sol do pátio, reparou na frincha, um rasgão feito de forma propositada, uma espécie de gaveta secreta, de onde saltava a ponta de um objeto não identificado em meio a um tufo de espuma.

Junto com a caderneta, descobriu uns manuscritos amarelados e uma cartilha de apicultura, aquela mesma que o auxiliara na instalação do negócio de mel, e da qual cheguei a ler alguns capítulos, manejo apícola, polinização, espécies melíferas, tantas e de tão belos nomes, tataíras, tubibas, tujubas, benjoins, guarupus, guaxupés, jandaíras, juparás, cupiras, irapuás, mandaçaias, mangangás, manduris, miringuaçus, iratins, uruçus, entre tantas outras.

Não que eu tivesse interesse em abelhas, mas, à falta de livros, depois de ter lido e relido os poucos da biblioteca da escola, e os de casa contados nos dedos das mãos, servia-me qualquer coisa escrita que me caísse sob os olhos.

Apesar da pouca escolaridade, papai tinha Castro Alves, Gonçalves Dias, Olavo Bilac, Camões e Dante Alighieri – até hoje sinto o cheiro da edição portuguesa da *Divina comédia* –, além da Bíblia, chamada por ele de *o livro dos probos*, que éramos obrigados a ler ao menos uma vez por dia, um dos salmos ou uma passagem dos evangelhos, e embora não precisasse de justificativa para nos impor qualquer coisa, sustentava que naquelas palavras encontrava-se a grande verdade de Deus, que fora dos caminhos ali traçados tudo era danação.

E o garoto que eu era, e que se esforçava para alcançar minimamente um entendimento do sagrado, o que quer que fosse o sagrado, onde quer que ele se assentasse, nos mandamentos paternos ou no verbo bíblico, perguntava-se como um livro escrito por homens que se alimentavam do pão da Terra, e não do maná dos Céus, alguns deles tão parecidos com papai, podia ser considerado santo. Senhor de muitos segredos, Deus não dava ao menino o cabimento de uma só resposta.

Antes das abelhas, papai andara um bom tempo envolvido com a cria de cabras leiteiras e bodes para abate, animais que se adaptavam bem às alturas, ribanceiras e pedras. Os porcos vieram depois, um pequeno criatório que também malogrou.

Encarregados da lavagem dos chiqueiros e da limpeza dos cochos e gamelas, eu e Felinto acabamos por entender um bocado daqueles animais banhudos e de cheiro forte. Estranhamente, se não estivessem no cio, as porcas não emprenhavam mesmo quando cobertas na marra. Não era difícil identificar nelas aquele período, porque passavam a urinar com frequência e a se esfregar e montar umas nas outras. Vê-las naquele assanhamento, as vulvas inchadas, me punha num desassossego de barrão.

Durante os cruzamentos, os mais longos entre todos os que já vi entre animais, os porcos permaneciam quietos, quase estáticos, o olhar inteiriçado, emitindo, quando muito, um suave ronquejar a intervalos regulares. Felinto não parecia se afetar com aquelas cenas, ao passo que eu me via obrigado a deixar o chiqueiro, a me esconder. Em mim não havia um pingo de inocência, e as coisas chamadas feias pareciam-me, de longe, as melhores de fazer. Acho que nunca fui menino para esses assuntos carnais.

Em Perdição, as chãs eram aproveitadas com a lavoura de subsistência. Papai engendrara um sistema de canalização que ligava a água da barragem à casa e às plantações, e que funcionava precariamente, deixando de trabalhar quase por completo quando as chuvas falhavam.

Por decreto paterno, íamos todos para o campo em época de plantio, contra a vontade de mamãe, que, apostando num futuro para nós longe da terra, lamentava que perdêssemos as aulas, e as perdíamos quase sempre e por razões diversas, chuva, ameaça de chuva, plantios e colheitas, inclusive as do mel, doenças que pudessem ser comprovadas, como diarreia e febre, feriados e dias santos, e os santos homenageados eram muitos.

Arrancados da rotina maçante da escola, a farra da semeadura começava cedo, antes mesmo de a barra apontar no nascente, tanto que parávamos no meio da manhã para o almoço trazido por Damiana e para um breve repouso à sombra mormacenta de uma ingazeira, embalados pelo ziziar das abelhas.

Papai e Felinto preparavam o solo, capinando-o, limpando-o das unhas-de-gato e dos espinhos-de-cigano, para em seguida passar o arado, que ia revolvendo e afofando o solo, abrindo os regos para as sementes de guandu e milho, e um aroma úmido e perfumado ia se desprendendo da pele da terra e se entranhando em mim – durante anos longe daqui, quando chovia ou alguém aguava um jardim, um fiapo desse perfume, memória de um tempo interrompido, atingia-me com força, grudando-se em minhas narinas, fartando o meu dia de saudade.

Eu, Ifigênia e Teresa usávamos as matracas para ir socando as sementes, duas a três, em covas rasas, que íamos fechando com uma pequena porção de terra juntada com os pés, menos de meio metro entre uma e outra. Cego de suor, era obrigado a parar de tempo em tempo para enxugar a fronte e abanar-me com o chapéu. No céu, a bola de sol incandescente, e do meu corpo, da minha carne, jorrava uma mornidão pegajosa, de odor penetrante.

Se as chuvas caíssem por uma semana, nem tanto, os brotos logo apontariam, e em menos de um mês a ramagem bordaria todo o terreno. Se não chovesse, o feijão e o milho não vingariam, e se chovesse além da conta também era certo o fracasso, nosso trabalho inteiramente sujeito ao ânimo da natureza, de maior mando que meu pai, com a qual não pelejava, tendo a ela que se curvar.

Com a graça celestial, choveria, e papai vigiava o firmamento, baixo e escuro em Pedra Branca, umas nuvens barrigudas lá pelas bandas do Brejão, a prece da colheita nos lábios, e no altar de mamãe, onde todos os santos eram convocados a nos trazer as chuvas, velas queimavam dia e noite, em chamas que cresciam afuniladas, ou definhavam ao ponto de quase se apagarem, a depender das correntes de ar, derramando nas imagens idolatradas reflexos de pequenos seres alados, que ora tremeluziam no manto da Virgem Mãe, ora adejavam entre o cajado de São José e as faces do Padre Cícero. Em noites imóveis de espera, quando nuvens pejadas d'água passavam por cima de nossa cabeça e seguiam em frente, em direção a sítios mais afortunados, mamãe nos reunia para o Ofício da Imaculada Conceição, *Íris do céu clara, sarça da visão, favo de Sansão, florescente vara...*, um coro elevado aos Céus na intenção de que Nossa Senhora se compadecesse de nós e tangesse de volta as nuvens para Perdição.

Não me lembro se foi por tempo seco, tristeza da terra, praga de mosca-branca ou lagarta-rosca, ou se por tudo isso e mais alguma incerta razão, o certo é que, favadas as tentativas com a cultura de legumes e, mais tarde, de algumas verduras para o comércio, papai desistiu. Tampouco sei quem lhe deu a tal cartilha. Um dia chegou em casa anunciando que seria apicultor, empreitada de vulto, bola de ouro, e embora o manual rezasse, como primeiro passo, a captura de enxames, logo tudo passou a girar em torno da construção das colmeias do seu futuro apiário, com quase todas as pessoas da casa, à exceção de mamãe, que se encontrava de resguardo dos gêmeos, às voltas com pranchas de aroeira, caibros, ripas, serra, alicate, martelo, pregos, rolos de arame, latas de tinta, pincéis e uma fita métrica – a cartilha ditava a exatidão de centímetros e milímetros para que as abelhas, sob pena de debandarem das colmeias, pudessem se mover livremente nos espaços padronizados.

Nunca fui bom em trabalho que requeresse habilidade com os músculos das mãos, o que os fisiologistas costumam chamar de deficiência de coordenação motora fina. Naquela atrapalhação de martelar, serrar, pregar, acabei me machucando. Laçado à dor, ainda assim procurei ocultar o ferimento das vistas de papai, mas o sangue, respingando na tábua, denunciou-me. Arreda já daqui, Inácio, não és capaz para nada; a quem esse menino puxou, Adalgisa?

Com a raiva e a vergonha inchando na garganta, foi à distância, e meio furtivamente, que vi as colmeias se armando, fundo, ninho, melgueira, quadros e tampa, todas as partes encaixáveis. Depois, a pintura, em tons claros, verde-água, azul-lavado, rosa-pele, amarelo-pálido, e por aí vai, como forma de sinalização para as abelhas em seu retorno a casa.

Para o apiário, papai escolheu uma área plana e seca, arborizada na proporção recomendada, nem muita sombra, nem muita luz, a meio quilômetro acima da casa e da estrada, a duzentos metros da caixa-d'água – as abelhas deveriam estar próximas de uma brota ou ribeiro, e, em sua falta, de algum reservatório de água limpa.

Felinto roçou o mato e cercou o local com estacas e arame farpado, sob o meu olhar ansioso – no fundo, eu duvidava daquela engenharia toda, e de que as abelhas pudessem desistir da macieza dos seus ninhos para viver em casas feitas pelo homem. Mais tarde, em toda a extensão dos moirões nasceram lágrimas-de-noiva, que foram se escorando ali, e depois se espessando, e se enroscando, até uma espécie de cerca viva se aprumar em torno do apiário.

Prontas, as colmeias – inicialmente eram nove – foram arrumadas numa meia-lua, todas viradas na direção do nascente, para que as operárias despertassem e começassem a trabalhar desde cedo, num intervalo de um a dois metros entre uma e outra, sobre cavaletes de ferro apoiados em fundos de lata banhados em óleo queimado, e a cinquenta centímetros do solo, evitando-se assim a umidade e o ataque dos inimigos, que não eram poucos, formigas, cupins, traças, sapos, lagartixas, marimbondos, baratas, aranhas e até abelhas de outras colônias, calçando-as na parte de trás com um suporte de um centímetro, para facilitar o escorrimento das águas de chuva.

Papai acreditava piamente na prosperidade do negócio, desde que as chuvas não preguiçassem para cair, e abrindo os braços num gesto amplo proclamava a prodigalidade da sua terra, que garantiria a permanência das abelhas – se lhes faltassem flores ou água, abandonariam as caixas e voariam em busca de paragens ricas em nascentes e fontes florais, e meu pai seria outra vez um homem sozinho.

Por todos os lados se viam mangueiras, bananeiras, canafístulas, jaqueiras, goiabeiras, angicos, oliveiras, paus-d'alhos, umbuzeiros, umburanas, limoeiros, laranjeiras, abacateiros, um amontoado de folhagem ensopada de luz, um emaranhado de ramos, brotos e galhos, um esbanjamento de copas floridas, de inflorescências em cachos, espigas, umbelas, botões em ânsia de desabrocho, e nas encostas ondulavam ao vento as esponjinhas das caliandras, os talos das damas-da-noite e dos cipós-de-leite, as pétalas das vassourinhas, chananas e velames, um delicado pasto de néctar e pólen à espera dos afagos das abelhas.

Quando, enfim, chegou o momento de habitar as colmeias, papai e Felinto prepararam algumas delas, fixando a cera nos arames dos quadros e esfregando em suas paredes internas uma mancheia de folhas de capim-santo. Em seguida, despregaram-se até Carnaúba para a compra dos dois primeiros enxames.

Saíram num final de tarde e, como as operárias só são encontradas em casa à noite, retornaram a Perdição na madrugada do dia seguinte, com as bravas africanas devidamente protegidas do calor, alojadas em sacos de pano e tela, a boca amarrada com corda. Transferidas para as colmeias ao amanhecer do dia, quando nós ainda dormíamos, e contrariando minhas previsões, as abelhas, num arranjo misterioso da natureza, aceitaram as novas moradas como seus doces lares, com o aval das suas rainhas, cuja presença entronada nas caixas papai confirmou cinco dias depois.

Ainda que em meu pai tudo fosse mistério, ao enxergá-lo pastoreando as abelhas, acreditei que pulsava ali uma luz, que uma piedade despontava dentro dele, e tive a ilusão de que a intimidade com aquele brando universo de cera e favos de mel pudesse lhe amolecer o coração, arrancá-lo do fosso de solidão em que sufocava, fazê-lo perdoar-se a si mesmo – quanto de perdão careceria?

Na caça ao primeiro enxame, eu os segui de perto, todo tempo papai mandando eu me afastar dali com gestos enfáticos. Metidos em macacões brancos que lhes sobravam em tamanho, ele e Felinto mantinham a cabeça e o rosto protegidos por um chapéu de palha e tela, as canelas e os pés bem guardados em botas de cano estreito, as mãos e punhos enluvados em borracha – espaçonautas desvendando os mistérios de um novo satélite.

O cacho estava pendurado num tronco de barriguda, a rainha no centro e as abelhas agarradas nela, um assombroso bolo escuro a se agitar suavemente, uma cabeça de monstro e seus mil olhos, num meloso rumorejar.

Manejando um tipo de defumador de latão, em cujo interior uma grelha queimava a mistura de cascas de árvores, sabugos de milho triturados e serragem, e que tinha, de um lado, um fole que soprava o ar, e do outro, uma boca que expelia fumaça, Felinto ia serenando as abelhas, desnorteando-as, enquanto papai, munido de um espanador, ia fazendo-as cair dentro de um balde melado com favos de ninho, numa atenção solene, os gestos precisos, as mãos leves, livres de qualquer hesitação, como se há muito se ocupasse daquilo.

Zonzas com as baforadas, estranhamente mansas, as abelhas voejavam sobre o balde, em torno de papai e Felinto, e a essa altura algumas já entravam naturalmente na caixa pincelada com extrato de capim-santo, o que indicava que a rainha já se acomodara lá dentro. Transportada para o apiário, era aconselhável que não se mexesse na colmeia por algum tempo, até que começassem a construir os favos.

Na primeira oportunidade em que papai se ausentou, e sob a guarda cúmplice de Felinto, experimentei o espanto de conhecer o interior de uma delas. Num intrincado de galerias, pórticos e passagens secretas, câmaras, túneis, canais de drenagem, minúsculas volutas, as operárias voejavam para lá e para cá, ocupadas em cumprir suas tarefas, e creio que foi esse universo organizado, talhado à perfeição, que papai almejou a vida inteira para si.

Em meados de maio, antes que as chuvas principiassem, festejamos a primeira colheita.

Após fumegar as colmeias e retirar as melgueiras, os quadros pesados de mel maduro, os alvéolos quase que completamente tapados com cera, papai e Felinto arrumaram as caixas apinhadas de favos numa padiola e, cobertas com lona e bem amarradas, levaram-nas com um cuidado de quem conduz santo em andor até a casa de coleta do mel, improvisada num celeiro sem serventia, colocando-as sobre uma mesa meio cambembe, cedida por tia Beá.

Nas primeiras colheitas, quando a centrífuga ainda não fora comprada, papai e Felinto usavam um garfo comprido, de dentes pontudos, para soltar os favos dos quadros. Depois os espremiam com as mãos e os pressionavam em peneiras ajustadas em vasilhames de plástico, de vários diâmetros e malhas, que iam filtrando o mel, do mais grosso ao mais fino e mais limpo, separando-o da cera. Finalmente filtrado e armazenado nos vasilhames limpos e bem tampados, o mel deveria permanecer em repouso por três a quatro dias, para que viesse à tona qualquer impureza, como restolhos de cera ou fragmentos do corpo das abelhas. Depois, era engarrafá-lo e descer a serra com o carregamento.

Estávamos todos ali, a alguma distância do celeiro, assistindo ao sonho de papai, cada um agarrado ao seu favo, o doce da festa a nos escorrer pelos dedos e cantos da boca, e quando ouço alguém falar em felicidade, eu me recordo desses momentos como uma miragem.

Quando tudo acabou, papai livrou-se da proteção da cabeça e ficou parado à porta do celeiro, as mãos na cintura, estreitando os olhos, cego de luz. Parecia sorrir, um sorriso grave, embora os dias fossem doces e amarelos.

7

Meu corpo nunca me enganou. Garoto ainda, bastava estar sozinho, durante o banho ou embaixo das cobertas noturnas, e ela de pronto me surgia, nuazinha como nas vezes em que íamos às escondidas nos banhar na barragem, sob o olhar único das lavandeiras, vem brincar, Inácio, a náiade em sua fonte, à mostra o pequeno triângulo penugento, o milagre da flor rósea desabotoada, e me crescia o sexo na mão, a estourar com a beleza da flor, e cerrava os olhos, estonteado, a flor, a flor, a flor, uma babugem rala a me regar os dedos pálidos de culpa.

Subíamos pelo túnel de bambus e cruzávamos a clareira das colmeias. Bem mais para cima, atravessávamos a abertura na cerca arruinada, antiga cancela, e por entre pés de cansanções tomávamos a trilha que, no passado, antes do famigerado inverno de 1924, ia dar no barreiro construído ao pé de um olho-d'água, entre dois grandes lajeiros cercados de um capuão de mato e palmeiras pejadas de catolés, onde bandos de marrecas e jaçanãs agitavam as asas umedecidas nos rasgões empoçados das pedras.

Escalávamos a picada sinuosa, de rochas escorregadias, orlada de beldroegas e cipoais, de troncos maciços engrinaldados de bromélias e copas enfloradas de orquídeas, até o ponto em que a trilha se fechava numa reboleira, um bosque de angicos cujos ramos se enredavam em galhos de jatobás e goiabeiras, formando uma espécie de sobrecéu, por onde escoava, aqui e ali, a poeira branca de um raio de sol a polvilhar o chão.

Deitávamos lado a lado, de mãos dadas, sem palavras, embriagados do bafo fresco da mata, do perfume de goiabas maduras misturado ao sal dos nossos corpos, compenetrados daquele amor solitário, o fauno e a dríade, Pégaso e Acalântis.

E nos enchiam os olhos a natureza miúda, a urtiga ruiva das lagartas-de-fogo, os laços de fita das borboletas, o cristal do orvalho no limbo das folhas, a marcha negra das formigas-correição, e nos entravam pelos ouvidos o zunzunar de abelhas, redobres e ruflar de asas, a matraca dos periquitos, o retinido dos cascos das cabras nos lajedos, mugidos longínquos, o gorgolejar de uma nascente próxima.

Meu olhar escorregava da suavidade dos ombros à oferenda da nuca, ao colo embelezado por um trancelim de boa-noite, e pousava na face chuviscada de luz, nos olhos que saltavam para o abismo – embora Deus tivesse se equivocado na arte de engendrar os homens à sua imagem e semelhança, acertara na mão ao conceber céu, montanhas, árvores, flores, aves, insetos, rios e pedras, e ainda, do alto da sua graça e imaginação, colocá-la no centro de toda aquela sublimidade –, e o meu corpo inflava de deslumbramento, como se dos meus flancos brotassem asas que, descerrando-se, deitavam sobre o rosto amado as sombras brutas do meu desejo, uma plumagem de alvoroço e precisão, de insubmissão e espera – desejo de apertá-la em meus braços, de sorvê-la, retê-la, enfiar-me nela, dissolver-me nela, respirar por suas narinas, ver o mundo por seus olhos, suar por seus poros, arrepiar-me com sua penugem, a minha vida dentro da vida dela, a minha vida através dela, a minha vida inteira por ela.

Deixa? E ela consentia, só um pouco, Inácio, porque me dá aflição, e minha mão repousava sobre a blusa, ali onde desabrochava um seio, e em minha barriga abria-se um buraco, e estouravam girândolas em meu peito, calafrios de um gozo que era igualmente uma ternura, um medo e uma dor.

Acreditava em nossa eternidade como na eternidade do céu que cobria e descobria Perdição. Quem teria o poder de nos separar, de nos exilar do paraíso das mil flores? Como supor que da vastidão do nosso ninho se ergueria um vazio de asas partidas, de voo interrompido, e que a vida seria a partir de então uma longa jornada para baixo e para dentro, um mergulho em águas de redemunho, um afogar-me e um morrer interminável?

Volto para buscar-te, prometi-lhe. Nunca voltei. Esperou-me, que era a vida sem mim? Velou minha ausência. Sagrou-a. Amou-me até o fim, até não poder mais com aquele amor condenado.

Em amá-la, tudo me doía, de uma dor seca, ferrões de abelha enterrados na pele, cascalhos sob os pés, espinhos de macambira na língua, flores de faveleira no fundo da boca. E sabê-la ferida de abandono, a dor maior, que em sua grandeza e integridade transcendia a minha covardia, a minha indignidade.

Dormia, comia, estudava e flanava pela cidade com aquela dor enganchada em meu peito, imaculada pérola na ostra. Um dia, outro e mais outro, e a dor, não menos dor, fingindo-se fera domada, pôs-se a rodar em círculos, o olhar baixo, esquivo, de atalaia, loba faminta de carne e sangue.

Uma palavra eu não tinha para a tecelã que urdia na profundeza da carne, com as ramas do próprio sangue, uma trama invisível de urgência e silêncio, fio a fio de uma última e secreta espera. Odisseu ordinário, à deriva num mar estrangeiro, fustigado pelas asas de uma tempestade, náufrago desde sempre, visceralmente derrotado, eu não voltaria à minha Ítaca de perdição, nem em nove meses nem em vinte anos.

    Tragado pela fraqueza, julguei que fosse melhor assim, que não nos falássemos nem nos víssemos nunca mais, e pensei que fosse possível esquecê-la, sem esquecê-la, e esquecer-me, libertar-me de Perdição – não sabia que Perdição, mais do que um lugar, mais do que uma mítica, era destino.

    Passados os primeiros meses, a vida foi se impondo e me apontando caminhos imediatos – quantas vidas há numa vida? –, a faculdade, a biblioteca e as centenas de livros para serem lidos, os primeiros poemas – meus dedos trocaram as folhas brandas de um corpo pelas teclas de uma Remington emprestada –, versos derramados no vazio dela, cânticos de perdição, ah, amada, descobri um sol de deserto em teu nome, breves prazeres como o cinema nas tardes de quinta-feira, quando o ingresso era mais barato, e depois um café de balcão, ouvindo infindáveis discussões ideológicas entre homens que eu observava dissimuladamente através de espelhos enfumaçados – foi nesse ambiente de ar irrespirável que comecei a fumar –, e que abaixavam o tom para falar de acontecimentos políticos mais ou menos recentes, tempos de medo e desesperança com a besta fardada marchando suas patas de chumbo sobre os que não emudeciam nem a ela se curvavam, e as histórias me chegavam partidas, uma vida desfeita ali, outra sacrificada na prisão, e mais outra na clandestinidade, fiapos de vozes que eu apanhava sobre o tilintar de colheres, os pedidos gritados para o interior da cozinha, que contavam de mortos sem rosto, sem nome, sem túmulo, de órfãos embalados em colos estranhos, tudo em nome de um medo – o comunismo tinha as mãos calejadas dos trabalhadores e camponeses, e dos seus olhos escorria o sangue das rosas. Obsessivamente concentrado em meu próprio drama, afundado numa espécie de letargia, as histórias me chegavam numa bruma de sonho, como se seus protagonistas fossem personagens de uma tragédia imponderável. Então, enquanto eu girava debilmente em torno de mim mesmo, existiam homens que espontaneamente se privavam de suas casas e famílias, dos braços de suas marias e clarices, para lutar por valores como liberdade e soberania? Homens comprometidos com algo maior do que eles mesmos, maior do que sua desgraçada vida?

Confinado atrás de muros intransponíveis de raiva e impotência, eu ousava me comparar a eles, na medida em que o fogo secreto, a sarça ardente que os iluminava e aquecia era a mesma que me esbraseava a raiz mais funda da vida, ali onde principiava a angústia da carne, onde latejava o mistério da alma, alma minha, de onde me fora arrancada uma fatia significante – é verdade que nos acostumamos com qualquer coisa, com qualquer situação, por mais dura, mais aflitiva ou humilhante que seja, e na noite mais espessa acabamos por enxergar pontos luminosos. Ocorre que, muitas vezes, sob uma aparente conformação, inflama-se a chama de um desejo amordaçado, de uma revolta íntima que, feito alguns gases corrosivos e incendiáveis, quanto mais comprimida, mais perigosa.

Pois eu também era um mutilado. Separava-nos o objeto da nossa consumição. Enquanto naqueles homens vibravam nobres inquietações, sentimentos veementes de repulsa à opressão e à violência, de intolerância e indignação contra um estado de coisas que, mesmo àquela altura, quando já se falava na possibilidade de eleições diretas, ainda eram manifestados aos sussurros, e a bravura de seus atos inspirava reverência, solidariedade, compaixão, eu me debatia miseravelmente em torno de um sentimento informe e inconfessável, de um rumor indefinível de sonho, e meu país, onde principiava e acabava o mundo, era Perdição, e minha bandeira, a copa de uma maçaranduba, e meu hino, o corruchiar de um curió, e meu povo, que ninguém duvidasse, vivia sob a pior das ditaduras, aquela travestida de amor.

Passei a existir, a ser chamado por meu nome, a partir do instante em que o pessoal do diretório acadêmico descobriu minha intimidade com a escrita. O convite para assumir a redação do jornal, um alento inesperado, um gesto de confiança, de reconhecimento da minha individualidade. A despeito da frouxidão do meu próprio ideal político – eu só tinha uma paixão, utopia única, revolução secreta –, em algum momento decidi, mais certo afirmar que decidiram por mim, empunhar a única arma que conhecia e que manejava bem, a das palavras que clamavam por liberdade de expressão, fim da censura, eleições diretas, anistia sem restrições, por todas aquelas coisas pelas quais as pessoas tinham dado a alma e o sangue, literalmente, não fazia tanto tempo assim – éramos, àquela altura, os nascidos pouco antes ou após o golpe militar, uma geração de aprendizes de uma democracia anunciada, forjada em nosso imaginário, porquanto dela não tínhamos nenhuma lembrança.

Não obstante me fosse tão absurdamente vaga a noção de liberdade, meus artigos, publicados no jornalzinho do diretório, repercutiam no meio estudantil, tanto que, a pedido, escrevia para outros assinarem – pousava os dedos no teclado da máquina e um demônio triste, a quem eu dava rédea solta, ia uivando o desespero de umas palavras brotadas dos lajeiros do inferno. Entre uma e outra, a acusação, o julgamento. Não havia inocentes. Éramos todos culpados. Todavia, por trás daquelas frases que me erguiam ao patamar de estudante politicamente engajado, empenhado na redemocratização do seu país, por trás do moço que lia A *história da riqueza do homem* e *Geografia da fome*, havia tão somente um garoto reservado e medroso, cheio de fome e de sonhos esfarelados, decidido a afastar de si um *cale-se* particular, um pobre-diabo tentando sobreviver à sua desgraça pessoal.

Quem se interessaria em conhecer o estudante franzino, barbudo, mal-amanhado, o molusco enxotado da concha, enxotado de si mesmo, a rastejar sua cegueira para cima e para baixo, até a exaustão, por um perigoso e irreal mundo de luz? Quem se importaria em saber como eu vivia – éramos quatro a dividir um quarto minúsculo de primeiro andar, mobiliado com dois beliches e um armário cambado e infestado de traças e cupins, um único banheiro para todos os estudantes da pensão –, as porcarias que comia pela rua, as roupas surradas que usava, tudo para economizar cada tostão que mamãe me mandava ao final de cada mês?

Nas férias, as manhãs se enchiam dos sinos da catedral, um badalar que me arremessava de encontro a um passado de domingos, quando descíamos a serra muito cedo para a missa, pouco mais de uma hora de caminhada, papai à frente, eu, Teresa e Ifigênia logo atrás, um gêmeo escanchado em mamãe, outro nos braços de Damiana – invejava Felinto, que ficava em Perdição para atender a vovó Doninha e vigiar a mãe.

À medida que nos aproximávamos do lugarejo, os dobres iam se tornando mais solenes, mais impressivos, e a mim pareciam caídos do Céu, como se os anjos, hábeis em tocar trombetas, harpas e clarins, rasgassem as nuvens pendurados em badalos de sinos gigantes, lamentos de um Senhor que enxergava dentro do coração dos homens, e que me abriam um vácuo no ventre – *sobre tudo que se deve guardar, guarda o teu coração, porque dele procedem as fontes da vida*, meu filho.

Mamãe nem de longe suspeitava do meu coração desguardado, da concupiscência dos meus olhos, dos meus lábios impuros, das minhas mãos impuras, das noites sussurrantes que me lançaram no mundo ilícito dos adultos, somente eu testemunha da danação.

Aliviado da ausência temporária dos colegas que retornavam às suas cidades, às suas casas e famílias, eu me fechava no quarto, o estridor dos sinos a percutir com força em minha carne. Horas e horas sem trocar uma palavra com quem quer que fosse, lendo, rabiscando uns versos, ou assistindo da janela ao movimento no mercado público colado ao muro da pensão. A visão das frutas, verduras, legumes, cereais expostos nos balcões, combinada à intensidade dos aromas que subiam das tendas, me provocava uma náusea de estômago vazio. No açougue, expostos em bandejas, reluziam coxões de carneiro, lombos de porco, postas de peixe, mantas de carnes vermelhas. No chão, a imundície de excrementos, tripas, penas, couros, cabeças, focinhos, rabos, uma rósea salmoura a escorrer para o ralo. E em mim crescia a agonia de uma fome próxima do desfalecimento.

Como não podia pagar a alimentação que era oferecida na pensão, comia uns pratos horríveis em bioscas do mercado central, também visitadas por meus companheiros de quarto. Os bifes, mais nervo que carne, enfeitados com duas rodelas de tomate e uma folha de alface, boiavam num feijão ralo misturado a um arroz de anteontem. E esborrotava em mim, em meio a um sentimento de paraíso perdido até nunca mais, a lembrança da cozinha gorda de mamãe, sem dúvida seu maior saber, da mesa posta desde o café da manhã, com a coalhada regada a mel, o angu com leite, o cuscuz ensopado de nata, ovos de gema alaranjada estrelados na manteiga da terra, o bolo de fubá, ao feijão do almoço temperado com charque e toucinho, pedaços de frango refogados em alho e cebola, as costelas de carneiro e o arroz de leite, o cozido e o pirão apimentado dos domingos, e nas noites de inverno os caldos ferventes.

Os livros eram minha única riqueza – matava as aulas maçantes para fuçar a biblioteca da universidade ou me enfiar em alguma livraria. Às vezes, preferia caminhar a esmo, até as pernas começarem a falhar, até retornar à pensão e cair morto, e me enterrar outra vez no árido espaço de mim mesmo. Qualquer manhã eu iria despertar e descobrir-me transformado num assombroso inseto.

Como me faltavam referências literárias e tampouco tinha ânimo para abordar algum dos professores que poderiam me orientar nas leituras, lia o que era exigido em sala de aula, e o mais, de forma aleatória. Minha vida mudou radicalmente quando conheci Ieda, a começar pelas leituras, com as recomendações e os livros emprestados por seu pai, que de véus nos olhos botava em mim uma fé desarrazoada.

Atirado num torvelinho de perplexidade e constrangimento, no desconforto de saber que um sopro deitaria por terra a imagem que o bom homem fazia de mim, eu me calava, aceitando a aprovação equívoca, rendendo-me ao engodo. Esse moço vai longe! E Ieda sorria, endossando a ilusão do pai, alimentando sua confiança – não fui a lugar nenhum, engaiolado em mim mesmo, minhas asas de cera derretidas ao sol de Perdição.

Além de me apresentar Luciano de Rubempré, Marcel, Peter Kien, Gustav Aschenbach, Paulo Honório, Marlowe, Julien Sorel, Bento Santiago, Riobaldo, Judas Fawley, Stephen Dedalus, Gregor Samsa, entre tantos outros que me narraram os mistérios do mundo, ainda me arrumou um emprego em um jornal, de cujo editor era amigo.

Comecei na função de diagramador, e só mais tarde é que fui aproveitado na redação. As pautas iam do registro de fatos cotidianos, os mais chinfrins, como um acidente de trânsito, um furto, uma ameaça de motim num presídio, à cobertura de eventos esportivos, políticos, religiosos, culturais, como lançamentos de livros e vernissages, onde eu me sentia quase à vontade, e até, uma vez e outra, arriscava uma entrevista, uma reportagem de fôlego. Posteriormente assumi uma coluna diária e passei a escrever sobre literatura e cinema, impressões destituídas de qualquer embasamento teórico, nada além do espanto de um jovem diante do mundo das artes e de suas manifestações.

Creio que se Ieda não houvesse me advertido para as minhas limitações e me instigado tão energicamente para o magistério – tens o dom da narração, Inácio, mas te falta algo essencial ao exercício do verdadeiro jornalismo, a curiosidade, o atrevimento, a afoiteza –, eu teria permanecido a vida inteira na redação de um jornal, nos fundos de uma sala, resguardado por um biombo, preparando uma matéria sobre as tendências da produção literária local, sobre o último filme deste ou daquele diretor, desde que me restasse um tempo razoável para ler e escrever, no conforto que Ieda chamava de conformismo, indolência, falta de ambição, e que ela confessadamente detestava em mim.

Com uns trocados a mais, deixei a pensão no centro da cidade e fui viver no segundo andar de um prédio de apartamentos decadentes, tão próximo à universidade, que as janelas dos dois quartos e da sala abriam-se para a massa avermelhada dos edifícios de tijolos aparentes. Somente a janela alta e minúscula do banheiro oferecia uma paisagem diferente. De um lado, a perder de vista, uma mata fechada de cajazeiras, sucupiras, copaíbas, cortada por um rio que meus olhos não alcançavam, e do outro, os fundos de um sanatório feminino, um pátio de aspecto deprimente onde mais ou menos uma dúzia e meia de mulheres, vestidas numa espécie de camisola que lhes descia até as panturrilhas, costumavam tomar sol todas as manhãs, sob os olhares atentos de três enfermeiras.

Algumas iam e vinham, incansavelmente, de uma ponta a outra do pátio, plácidas, fantasmáticas, enquanto outras conversavam em pequenos grupos, e pareciam sorrir, e até gargalhar, e havia as que se reuniam para jogar cartas, e também para outro tipo de jogo em que escondiam as mãos nas costas e depois as mostravam abertas. Parecia-me uma adivinhação com palitos – de onde eu me encontrava, não dava para ter certeza. E quando uma delas se alvoroçava, as demais, com uma ou outra exceção, surtavam junto, uma convulsão encadeada, como se tivesse sido acionado um botão comum a todas, como se um fio invisível as ligasse, e subitamente desentorpecidas, passavam a correr, gritar, estrebuchar.

À tarde, apenas uma delas aparecia – devia ser mais louca do que as outras –, vestida na camisola azul que de quando em quando erguia pela cabeça e atirava ao chão, e que o homem de meia-idade que a vigiava cuidava de apanhar e arrumar outra vez em seu corpo, sem que ela parecesse se importar, como se não se desse conta da existência dele, e até que o enfermeiro a agasalhasse outra vez, a bela da tarde, a quem nominei de Severina, desfilava para mim sua nudez renascentista, senhora do pátio, rainha em pelo, seios e nádegas, numa abundância serpeante de dunas no deserto, a pele de uma brancura que contrastava com os cabelos escuros e o triângulo negro do púbis.

Todas as tardes, refugiado no banheiro, subia no banquinho e deixava-me ficar ali, mesmerizado pela visão delirante, e embora me fosse impossível enxergar-lhe os olhos e a expressão do rosto, adivinhava nela um caos e uma solidão pungente, uma repulsa pelo mundo real, sentimentos nos quais eu inevitavelmente me reconhecia. E foi a uma distância segura para ambos – quem podia me assegurar que eu não era mais louco do que ela? – que a tornei minha.

Até que Antônia, mãe do colega Marcos, com quem eu dividia o apartamento, e que, como mamãe, aparecia de tempos em tempos para passar uns dias na companhia do filho, surpreendeu-me numa daquelas tardes de fantasia, paralisando-me de susto e constrangimento. Guardando-me, abotoando-me, pedi-lhe desculpas – como pudera me esquecer de trancar a porta? –, e esgueirei-me para o quarto, murcho da maior vergonha, consciente da inutilidade de qualquer gesto ou palavra numa situação que julguei irreversivelmente embaraçosa.

Porém, se para mim o flagrante fora, mais do que insólito, humilhante, o mesmo eu não podia dizer com relação a Antônia, que não parecia atingida em seu pudor. De semblante alterado, o olhar meio bêbado a me caçar pelos quatro cantos do apartamento, podia jurar que a visão a perturbara, que despertara nela um sentimento enviesado e violento, difícil de precisar. Podia jurar que naquela insistência ambígua havia um propósito, que eu incertamente intuía, mas, de tão absurdo, negava-me a acreditar que fosse real.

O banquinho sumiu do banheiro quase imediatamente e, dois dias depois, ela brotou em minha cama, realidade de vasta e macia colheita, que acabou por me apartar de Severina, minha porção diária de ilusão e milagre, suprindo-a, contudo, plenamente. Farta em carinhos e saberes íntimos, Antônia tomou gosto por mim da noite para o dia.

Nas ausências do filho, que não se dava conta do que se passava entre nós, vadiávamos horas infindas, e ela, na ternura e generosidade da mãe que poderia ser, banhava-me, alimentava-me, fazia-me gozar e me embalava sobre os seios. Mesmo depois que me casei, por alguns anos continuamos nos vendo eventualmente, até nos perdermos de vez um do outro.

Nessa época, era mais acanhado do que continuo sendo, deficiência que, como vim a perceber mais tarde, encanta tremendamente as mulheres. Por conta dessa timidez, nunca de todo superada, cheguei muitas vezes a me comportar de forma ridícula, suando frio e gaguejando sempre que surgia a oportunidade de conquistá-las. Não sabia o que fazer ou dizer, o que não fazer ou não dizer, nenhuma estratégia de persuasão, a mínima desenvoltura para os galanteios – intriga-me essa necessidade que as mulheres têm de serem bajuladas pelos homens que as desejam, e de aceitarem essa bajulação por parte até mesmo daqueles que não têm a mínima chance de serem aceitos; intriga-me igualmente a obstinação de certos sujeitos na corte a mulheres que se mostram indiferentes ou que não escondem a devoção inconsútil a outros homens.

Depois de algum sofrimento, atinei para o fato de que algumas gostavam de tomar a iniciativa, e, aliviado, acabei perdendo o pudor e me deixando seduzir por elas, não obstante uns versos de Drummond e Neruda, usados ocasionalmente, tenham me servido para fazê-las acreditar que era eu quem as cortejava.

Disse sim às mulheres que, ao mundo, pareciam mais carentes de graça. Atraíam-me estranha e precisamente no que lhes negara a natureza, na insuficiência física, na falta particular sabiamente compensada com habilidades amorosas. E creio que teria sido mais fácil recusar meu amor a uma beldade, já que para essas nunca eram de menos as atenções e demonstrações de querer, o que obviamente não acontecia, até porque as beldades raramente me chegavam.

Aquele universo de unhas e cabelos, de nucas, ombros e seios, de pernas, saias e saltos, de movimentos ondulantes tinha o poder de me arrancar de uma sensação quase permanente de irrealidade. Tropicais, mediterrâneos, austrais, boreais, as mulheres eram os sete mil mares sem bússola, com seus navios naufragados na escuridão, onde me esperava o tesouro de uma eternidade provisória. Tragado pelas águas profundas e cálidas do ventre, pelas anêmonas róseas do sexo, libertava-me de mim mesmo, das sombras de uma obsessão, luz efêmera, livramento condicional, de onde emergia esgotado e inatingido – bastava dar-lhes as costas para esquecê-las.

Ieda, mar à parte, empurrou-me para uma fonoaudióloga, vamos resolver esse problema com a tua fala, Inácio, melhorar tua dicção, se pretendes ser professor, deves articular as palavras com clareza – eu não queria ser professor, não queria ser coisíssima nenhuma, era ela quem o queria, como não lhe obedecer? Enfronhada numa doce autoridade, decidiu por mim o magistério e um tanto de outras coisas a que me sujeitei, não sei se por tédio apenas, ou se por tédio e outros sentimentos que não sou capaz de definir, inclusive, que deveríamos nos casar.

Minha provação começou nas classes de ensino médio. A despeito da minha aparente suficiência e compromisso, tudo que eu mais desejava era estar longe das salas lotadas de adolescentes inquietos, do quadro-negro tomado por árvores sintáticas, regras de regência verbal, concordância e outros saberes áridos. Um mundo em que eu me movia à superfície, tropeçando em meus próprios pés. Mais tarde, novamente por insistência de Ieda, ingressei na universidade, despossuído de todo e qualquer interesse, de um mínimo entusiasmo para lecionar, e mais, cabalmente ciente do estrago que um professor sem vocação é capaz de provocar num aluno. A vida acadêmica repugnava-me. Como pude seguir adiante? Obrigando-me, uma estupidez que admito, e para a qual eu não enxergava escapatória. O mais paradoxal nisso tudo é que a minha reputação não era ruim. Pelo contrário. Aulas, seminários, orientações de teses, intermináveis reuniões de departamento e suas discussões estéreis, e mais, a apatia quase generalizada dos alunos, a arrogância intelectual e a suscetibilidade de alguns dos meus pares, suas vaidades, conchavos, maledicências, posturas antiéticas, perseguições a colegas, aquilo tudo me exauria e me mortificava.

Fora do ambiente acadêmico, tinha de aturar a megalomania da maioria dos colegas escritores, suas risíveis pavonices, e de arrumar desculpas para minha ausência em eventos literários, em mesas de bate-papo, falatórios pretensiosos que me embrulhavam o estômago – desconheço algo mais maçante do que reunião de escritores a contar de si, de seus processos criativos, de suas realizações –, e ainda tolerar as opiniões sobre meus livros, sempre as melhores, embora falsas e inconsequentes, decerto para ganhar minha simpatia, o que era inexplicável, pois não precisavam absolutamente dela.

Esmagado em minha mediocridade, simulacro de escritor que eu era, em nenhuma circunstância lhes fazia a mínima sombra. Faltava-me talento para a literatura, assim como me falta para a vida.

8

O tempo estiou, ainda que não completamente. Um arco-íris faz fita no céu deslavado. Sobre o peitoril da janela voeja um pequeno corpo negro riscado de luz. Aproxima-se timidamente e pousa sobre as folhas de papel, dourando as palavras com as patas manchadas de pólen.

Não afugento a uruçu desgarrada do seu ninho, miúda porção do universo doce e abundante que meu pai baldadamente perseguiu, a terra prometida que manava leite e mel. Parece-me inofensiva, embora seja verdade que as abelhas do meu pai nunca me aturaram, como se de alguma forma pudessem saber. Talvez farejassem o sentimento que me corroía, que exalava por meus poros. Esvoaçavam em torno de mim, para lá e para cá, ligeiramente azoadas, mas não ousavam pousar em minha pele. Tanto isso me parecia verdade, que nem sequer me protegia quando papai me mandava dar uma olhada em alguma melgueira. Se muito, punha luvas. Raramente, o chapéu de palha com tela.

Revestido daquela confiança, saímos um dia, eu e Felinto, à procura da rainha rosada, que botara as asas no mundo, levando com ela uma parte da colônia — as abelhas-rainhas de papai eram marcadas com um pingo de esmalte para unhas, na cor correspondente à sua colmeia –, e eu me perguntava por que cargas d'água uma rainha fugiria, abandonando sua corte à própria sorte. Por acaso não sabia que seria substituída, que outra abelha reinaria em seu lugar, e que, desarrimadas, mas não vencidas, as ninfas trabalhariam para que o enxame voltasse a viver?

Com a sua linguagem de mãos, Felinto explicou-me que as rainhas fugiam quando lhes faltava geleia real ou lhes chegava a velhice, e, nessa última hipótese, a fuga me parecia uma sabedoria, o reconhecimento de que findara seu tempo no trono de poedeira, razões suficientes para me convencer de que aquela que buscávamos, jovem, bem-alimentada, paparicada, e que certamente fugira por motivo fútil, não devia ser lá uma rainha de boa linhagem, que merecesse ser recapturada. Mas que fazer? Cumpríamos ordens.

Quando retornávamos, o meio-dia queimando o cocuruto, e passávamos pelo apiário em direção a casa, avistamos a fujona e suas fiéis damas de honra pousadas num galho de canafístula, a menos de quatro metros da colmeia cor-de-rosa.

Ora, se estava nas proximidades do seu império, obviamente arrependera-se do voo errático. O que esperava ali, senão um gesto de encorajamento? Segurei a desinfeliz cuidadosamente com a intenção de conduzi-la de volta à colmeia, mas antes que o fizesse, fui atacado.

Chispei pela mata, acossado por uma nuvem escura, os braços, a cabeça e o rosto tapados por centenas de abelhas que me ferroavam desesperadamente, como se eu fosse uma flor gigantesca e murcha, sem uma gota de néctar para lhes aplacar a sanha. Desprotegido, usando apenas a roupa do dia a dia, luvas e botas, e impedido de gritar por socorro, visto que se penetrassem em minha boca fatalmente sufocaria, eu corria e me retorcia e bracejava em vão, dominado pela sensação de me estar sendo inoculada, poro por poro, com agulha de calibre profundíssimo, uma daquelas substâncias químicas torturantes, uma espécie de óleo de vidro, se existisse óleo de vidro. Por sorte, esbarrei no tanque cheio d'água, onde me joguei de corpo inteiro. Até hoje sou alcançado pelo zunido daqueles minutos, os mais custosos da minha vida.

Um vizinho chamado às pressas carregou-me serra abaixo num jipe que voava pela estrada de terra, patinando nas pedras, solavancando nos catabis, com mamãe chorando e rezando, enquanto ia me desenterrando da pele os aguilhões envenenados. Na emergência do hospital, onde cheguei desacordado, consumido por uma febre alta, livraram-me do restante dos ferrões e me aliviaram a dor com uma dose cavalar de antialérgico e analgésico.

Na sorna provocada pelos medicamentos e pelo cheiro de éter, tombei num sono de muitos sonhos. Numa hora eu me encontrava numa casa abandonada, os morcegos a me tirar um fino, e de repente mamãe surgia segurando uma bandeja coberta com um pano branco, e ela me dizia vem ver, Inácio, o que encontrei no sótão, e eu me aproximava trêmulo, porque de antemão sabia que era uma coisa horrível, e ela erguia o pano, e lá estava a cabeça ensanguentada de tia Florinda, os olhos vítreos flechados nos meus.

Depois já não estava na casa, e sim correndo descalço numa mata fechada e plana, que eu não reconhecia, cozendo os pés na terra quente, rasgando-me todo em pedras pontiagudas e cactos enormes, fugindo, porque ali também eu me sentia tomado de pavor, e não chegava a lugar nenhum, o perigo a dois passos de mim, e logo o lugar da minha agonia era outro, e um arbusto rasteiro, uma espécie de trepadeira, enroscava-se em minhas pernas, e vinha subindo, subindo sempre, impedindo-me de me mover, e na altura do ventre o súbito bico enterrava-se em minha carne.

Ao despertar, a primeira coisa que enxerguei, pelas frinchas dos olhos ainda inchados, foi o rosto do meu pai, contraído de censura. Na boca severa, contorcia-se o rincho de uma repreensão que não tardaria, pois as abelhas não atacavam ninguém imotivadamente, e eu, decerto, teria ameaçado o enxame com a minha inabilidade para cuidar de coisas aparentemente triviais, em que ele e Felinto eram destros – mais de uma vez o ouvi dizer a mamãe, em tom baixo e consternado, oh, Adalgisa, esse teu filho me parece pouco homem, e ela, é nosso filho, Joaquim, e ele, ainda na reprovação, pois não vês que esse menino desonerou?

Papai não me perdoaria por haver deixado escapulir a sua rainha rosada. Fechei os olhos e, protegido pelo quebranto da febre, adiei o momento do enfrentamento, o corpo numa apertura de fogo e culpa. E se eu morresse?

Imaginava meu corpo estendido no caixão, e papai, todo pranto e lamento, debruçado sobre mim, o rosto espremido contra o meu, os lábios em minha pele ferida, sua dor e seu remorso de encontro à minha vingança, eu morto e feliz, de uma morte de sonho, um sonho de asas grandes a voejar dentro de mim, tarde demais para se arrepender, tarde demais para reconhecer a avareza da sua paternidade, que o sentimento do irreparável se enganchasse em seu coração como ferro em couro de rês, que nunca mais se esquecesse de que a vida, rapinante de mãos ligeiras, não costuma devolver o que nos rouba, e assim como a morte, não passa duas vezes no mesmo lugar, que lhe ficasse a lição da vida que não volta atrás.

Foi no dia em que retornei do hospital, bom o bastante para subir a serra com as minhas próprias pernas, ao lado do surpreendente silêncio do meu pai – quem o convencera de que eu já fora devidamente castigado pelas abelhas? –, que aconteceu pela primeira vez.

Breves e oníricos clarões assaltavam o quarto intermitentemente – Deus vigiava. Seguia-se um ribombar de trovão – Deus vociferava. Ainda não conseguira pregar o olho, quando ouvi o girar suave da maçaneta no trinco da porta. Coração montado na besta louca, cheguei a imaginar que pudesse ser ele, o morto que fora enterrado numa valeta à beira do nosso caminho, e que me acossara meses a fio, resignando-se, por fim, com a sua sina de alma de outro mundo, e deixando-me em paz. Mas desde quando os mortos necessitavam de portas ou janelas para invadir os espaços dos homens? O certo é que de dentro de sua inexistência outras almas continuavam me aterrorizando – um medo pueril que carreguei comigo até tarde –, e delas se podia esperar tudo, inclusive ciladas e blefes.

Foi o meu nome, soprado no centro das trevas, que me garantiu a realidade dos vivos, acendendo uma candeia em meu sangue.

De repente tudo me pareceu absolutamente claro. Longe das vistas de todos e de qualquer um, nossos abraços, cada dia mais ávidos e demorados, contradiziam um certo distanciamento, a seriedade e a frieza na palavra, o constrangimento no olhar. Envergonhados das nossas intimidades de meses antes, desamparados diante daquela repentina infamiliaridade, vivíamos nos buscando e nos evitando, porquanto num dia éramos crianças e podíamos tudo, e no outro, estávamos prontos para nos deitar, para exercer aquela paixão na integridade da nossa carne.

E apesar do exato entendimento de que aquele querer ultrajava a lei divina e a humana, e que, interdito e sem redenção, vicejava contra a natureza do meu sangue, faltavam-me forças para rejeitá-lo, o favo de mel diante da alma faminta, ela parada bem ali, não por medo de aparições ou de procelas, que temor de qualquer espécie não era sentimento que lhe ocupasse o coração, à beira da minha cama, lambendo-me com seu chamado. Vinha porque queria, tanto quanto eu, porque o amor era ave de bico acutelado e garras afiadas, carcará de fome e sede, pássaro feiticeiro de apelo inelutável.

Levantei as cobertas e ela aninhou-se em meu peito, o hálito de novilha a me roçar a nuca, enroscando-se em meus braços, esmagando no meu o corpo azougado, desarrolhando em mim o desvario de todos aqueles anos de desejo negado, reprimido, a pedra bruta do meu sexo elevando-se acima da razão e do medo, acima dos absconsos olhos de Deus.

Devagar, fui tateando a lanugem da pele, a febre dos mamilos, tragando o sal das narinas, mordiscando a boca açorada de língua e dentes. De quando em quando, um relâmpago revelava-me um tanto daquele milagre fugidio, que eu devorava com olhos de vertigem, um risco de cicatriz na parte interna da coxa, um alvo boleado de seio, os cavalos brancos a galope das nádegas, a falena ruborizada da vulva, a fina fenda.

Lá fora a chuva cantava, e a terra, varrida por rajadas de vento, estremecia e gemia e se abria para recebê-la, enquanto minhas mãos iam arroteando, amanhando a chã do ventre, lavorando delírios nas leiras regadas de saliva.

Aos primeiros raios da manhã, temporal serenado, colhi, com meu esganado pássaro de fogo, o mistério orvalhado da flor, semeando a terra acolhedora e fértil com os grãos do meu sangue. Aquela, a primeira manhã em que morri e subi aos céus, e renasci na abundância e na pureza de um homem ignorante de Deus, Deus para sempre caído em minha boca.

Um grito agudo de acauã arrancou-nos daquele transe. Uma noite apenas, algumas poucas horas, e não éramos mais os mesmos, nosso destino selado ali.

Desse dia em diante não tive mais paz, obcecado com a possibilidade de que nos flagrassem, que atinassem para os rastros que íamos deixando por toda parte, as noites pregadas em nossa pele, a mácula dançando nos olhos indormidos, a danação exposta para quem quisesse ver, e me determinava a parar com aquilo, a ir embora de Perdição, ao passo que ela parecia não se importar com o segredo que carregávamos em nossa carne, como se aquelas noites fossem absolutamente legítimas, como se tivéssemos todo direito a elas, e seguia imperturbável, o olhar de precipício a me alcançar à luz do dia.

Torno ao aqui e agora, a palavra incerta, o pensamento disperso, volta e meia o olhar perdido no cenário que se ressalta através da janela. A pequena abelha move-se desenganada no deserto de tocos e arbustos ralos, meus escritos. Esqueceu-se de que tem asas? Dou-lhe um peteleco leve e ela levanta voo.

Papai saiu há pouco, manquejando, botando o faro no tempo. Não está certo de que choveu tudo que havia para chover. Seguiu em direção ao apiário, provavelmente com o propósito de avaliar o estado das duas ou três colmeias que lhe restam.

Damiana solicita-me. Não me animo a ajudá-la. Aborreço-me se me chamam, se me expulsam de mim, nem mais nem menos a reação de quando era criança. Enquanto Ifigênia acompanhava papai ou Felinto boa parte do dia, metendo-se no mato em busca de enxames, levando o burro para beber, ordenhando a vaca, arrebanhando as cabras ao cair da tarde, eu me enfiava com um livro em algum recanto aonde meu nome não chegasse.

Para cada Inácio gritado havia um mandado, uma sentença de afazer, de levar coisa ou recado – a vida real rompia com o meu ritmo, com os compassos da contemplação e do pensamento, deslocando-me de mim mesmo, espremendo-me contra as paredes de um insustentável mundo pragmático.

Lavar e encher os potes, pegar emprestada a tia Beá uma cabeça de alho, uma quarta de café, ou lhe deixar um pedaço de bolo recém-assado, uma broa de fubá, comprar, na venda que ficava para lá do túmulo do meu medo, um quilo de açúcar, uma caixa de fósforos, e voltar para casa no desalento, vinte minutos de caminhada para cima com a ideia nos rebuçados envolvidos em celofane, nos Ping Pong embalados em papel com figurinhas aderentes à pele, objetos de desejo que enfeitavam o balcão coalhado de moscas.

Adivinhando minha cobiça, o dono, que as afugentava inutilmente com um pano imundo, atendia-me com o olhar desviado, oh, esse menino, diga logo a que veio, uma forma, eu presumia, de evitar um possível pedido, o que me fazia arder em humilhação.

Mais tarde, a mercearia prosperou com a venda de outras riquezas. Entre todas, eram as bolas de gude que me encegueiravam, dois potes de plástico cheios delas, umas tão azuis que pareciam moldadas com pedaços de céu, noutras desabrolhavam flores, choviam pétalas, corriam rios de mel que chispavam à luz do sol, e eu, que jogava com castanhas-de-caju, saía dali chutando pedras, um aperto na garganta, um negócio ruim no coração.

Criança de brincadeiras solitárias, adulto de solilóquios, não me recordo de amigos na infância, nem mais tarde, nem em tempo algum. Quando me faltava o que ler, enfiava-me sozinho na mata. Ia catar jabuticabas e catolés, ou esperar pacientemente, numa imobilidade de amarrotar os músculos do corpo, que algum sobiador inocente, um bico-assovelado, um sabiá-laranjeira, um papa-sebo, atraído por um pedaço de goiaba, banana ou manga, viesse cair na engenhoca que eu mesmo arrumava com um pedaço de elástico para a forquilha e duas varetas de marmeleiro, tão distante da arte dos alçapões à venda na feira, para soltá-lo logo em seguida, antes de chegar em casa, não por querer próprio, pois, a depender da minha vontade, teria um pássaro todo meu, na beleza de existir e de cantar unicamente para mim, cativo do meu exclusivo olhar.

Porém, quisesse alguém contrariar mamãe seriamente, engaiolasse um passarinho, qualquer um, até aqueles que eu julgava não fazerem falta à natureza, de tantos que existiam e por toda parte, e cheguei a argumentar, um sebito trêmulo apertado na mão, o medo escorrendo pelo bico aberto, mas, mãe, esse nem sabe cantar, só pia, não vale nada, e ela, encarando-me com firmeza, a quem pensas enganar, Inácio, se não canta nem vale nada como dizes, então, para que queres a pobre ave?

Papai chegou a criar alguns pássaros que faziam parar os passantes no pátio da frente, moradores próximos, compradores de mel, ciganas, a quem éramos terminantemente proibidos de entregar as mãos, benzedores de ramos de arruda e rezas recitadas – a serra era paragem de gente crédula –, contadores de histórias, repentistas e vendedores ambulantes de roupas de corpo, cama e mesa, óleo de rícino para verminose, pomadas para erisipela, poções para afinar o sangue e outras coisas mais.

O dia todo, mais ao amanhecer e entardecer, ouviam-se os dobrados de notas altas e baixas, de compassos longos e curtos, de andamentos variados – alguns lembravam o timbre agudo de um clarinete, outros, os acordes graves de um fagote, e havia os pássaros da percussão, de cantos martelados, estralados.

Certa manhã, daquele coreto armado na sala escapou um concriz de extraordinários pulmões, e papai, acusando mamãe de ter facilitado a fuga, num acesso de ira, escancarou as cancelas das gaiolas e as arremessou no pátio. E foi assim, sem querer, que acabou por alforriar as aves.

A visitação de ninhos fazia parte do meu itinerário de solidão. Ninhos de barro, gravetos, folhas secas, capim, esterco, penas, palhas, fios de casca de coco catolé, de madeira moída no bico, teias de aranha, e até de cordão, papel e plástico, como os das mariquitas. Ninhos construídos em cupinzeiros, buracos em pedras, cavidades no solo, telhados, ocos em troncos de árvores, nas copas mais altas, ao rés do chão, em formato de taça, panela, xícara, cesta, sino de boca virada, forno – ah!, os ninhos dos exibidos casacas-de-couro, construídos ao longo de três semanas de voos, idas e vindas infindáveis, com a fêmea e o macho revezando-se entre a busca do material e a construção, e ao final uma arquitetura arredondada de encher os olhos, dois vãos, *hall* e quarto de chocagem.

Conferia os ovos diariamente, os cor de areia com manchas marrom-avermelhadas dos bem-te-vis, os brancos com pintas castanhas dos canários-da-terra, os verde-azulados dos sabiás, os rosados dos inhambus, que curiosamente eram chocados pelos machos, e sob pena de gorá-los, eu não podia tocá-los com uma ponta de dedo até os passarinhos apontarem na casca rachada, uma massa disforme, a pele meio enrugada, quase transparente, um tanto de réptil na natureza de ave, mais para aborto do que nascimento na nudez desemplumada, que me arranhava o olhar e me dava ânsias de vômito.

Damiana me traz de volta ao presente, meu nome emperrado em sua boca. Ergo a cabeça e ela está plantada à minha frente, batendo o pé no chão, muita séria, os braços bojudos em pose de cântaro, oh, Inácio, por que não me atendes, hein? O que te custa um já vou, uma resposta de ir ou não ir, um sim ou um não que seja? De que adianta essa ruma de palavras com que vives aí abufelado, se elas não te servem para viver, homem de Deus?

Foi Ieda quem me disse que amo mais as palavras do que as pessoas. É provável que esteja certa. Todavia, o fato de amá-las não me deu o entendimento do que representam em minha vida. Qual o sentido de viver pelejando com elas? Qual o propósito de passar anos e anos, toda uma existência, escrevendo livros, quando se poderia tão somente viver, quando a vida transcende toda a literatura, sendo a mais pura, a maior, a mais íntegra ficção? O que me deram, afinal, as palavras? Nem paz, nem verdade, nem libertação. Conhecimento, talvez. E para que mesmo serve o conhecimento?

Seguramente usei as palavras para me isolar do mundo, mas usei-as sobretudo para me proteger de mim mesmo, da minha loucura. Recolhido, vivendo uma vida quase monástica, o que busquei na literatura? O reconhecimento público do meu valor, e, acima de tudo e particularmente, o reconhecimento, por um único homem, da minha pretensa habilidade, do meu lugar no mundo? O que de fato eu construíra durante mais de três décadas? Carreira, livros, família? Pois tudo isso, que se traduzia em nada, no fim das contas não passara da tentativa de construção de um homem para o olhar de um pai.

Hora das refeições, Ieda batia suavemente à porta, vem comer alguma coisa, Inácio. Não entrava no aposento impossível. Afligia-se em ver o chão atravancado de livros, os objetos empoeirados, sobre a escrivaninha mais livros e papéis, e copos, xícaras com restos de café, cinzeiros atulhados de guimbas. Espera, estou indo. Resistia em largar uma leitura, a construção de um parágrafo, a elaboração de uma frase. Batia novamente, vem, Inácio, a comida vai esfriar. Sentava-me à mesa e me alimentava de forma maquinal, apartado da realidade que me circundava, aquela que incluía Ieda e Isabel, e tinha que empregar toda a minha força mental para ouvi-las, para lhes prestar um mínimo de atenção, o que me dava a sensação deprimente de estranho no ninho, de exilado em minha própria vida.

Não me recordo de algum fato específico que tenha desatado em mim a vontade de desistir e de retornar a Perdição. Há muito percebera a minha inadequação para viver em família. E, quanto à literatura, desde sempre tive a compreensão de que lhe faltavam brilho e honestidade, uma fotografia de mim mesmo. Onde buscar originalidade, se já se tinha escrito sobre tudo? Na estrutura narrativa? Na linguagem? Empenhava-me, e o resultado me era sempre insatisfatório. Quando não contaminado por uma artificialidade e um academicismo presunçoso, imagens viciadas, linguagem que eu reconhecia afetada, meu texto resvalava no abstrato.

Queria vestir as palavras com a força de uma oração íntima no meio da noite, laudas do mais puro silêncio, e elas agrediam os ouvidos do mundo. Queria escrever como uma flor desabrocha, e meus livros não passavam de flores de plástico.

Quando acontecia de algum leitor mais sensível – e, antes de tudo, verdadeiro – apontar em meus textos as falhas inconsertáveis, não procurava me iludir achando tratar-se de incompreensão ou de apreciação equivocada, reação habitual entre meus colegas de ofício. Ieda negava-se a opinar sobre o que eu escrevia, e somente lia meus livros depois que eram publicados. Não acreditava na crítica, dizia que ela era essencialmente pessoal e circunstancial, e que os escritores não deveriam lhe dar tanta importância, e, se davam, era porque cometiam outro erro, o de se levarem a sério demais. Naquele positivismo, vivia numa claridade que me ofuscava e me confundia.

Vem viver, Inácio, rogava, e ia largando bilhetes pela casa, como se não vivêssemos sob o mesmo teto, não penses que vais encontrar na arte remissão para tua existência, o único compromisso que devemos ter é com a beleza, que está no fundo da vida, a vida vivida, em toda a sua inexatidão e precariedade. Não percebes que essa vida que recusas é única, que a todo instante ela está por acabar, que, enquanto tu te fechas aí, ela simplesmente se vai?

Amarfanhava os papeizinhos e deitava-os no vaso sanitário, para que não sobrevivessem, e chegavam-me outros – tão generosa e obstinada, minha mulher –, as palavras nunca ásperas, mais um chamamento amoroso do que uma reprovação, tantos anos, Inácio, e ainda não conseguiste enxergar que escrever a vida não é vivê-la, que a vida real é desordem e urgência? Por que essa rigidez contigo mesmo? De que te punes?

A vida era uma mulher de rosto coberto por véus, que se colocava à minha frente para que a possuísse, e eu, tolamente, insistia em lhe revelar o rosto, erguendo-lhe em vão um véu depois do outro.

Desgarrado de mim mesmo, um eu sem direção a dormir, comer, ler, escrever, dar aulas, fazer sexo, tudo de forma mecânica, aonde mesmo estava indo, se é que estava indo a algum lugar? Se existir resumia-se àquela constante sensação de vácuo, eu existiria? E se afinal a vida fosse só isso, um estar no mundo? Se viver não carecesse de qualquer fundamento?

Logo que nos conhecemos, Ieda me dizia teu coração é um descampado, e abria-se no seu sorriso de covinhas, segura do amor que um dia fecundaria em mim. O que eu poderia falar que não lhe soasse vago ou cruel, se em mim gemiam as palavras mais desenganadas? Calava-me, e ela, que ainda não perdera a pureza de viver, assegurava-me vou te ensinar a amar, Inácio.

Ensinar-me? A mim, que amara com a força descabrestada das enchentes, o amor de uma vida, e mais outra vida que houvesse concentrado numa única mulher?

Ignorante das águas volumosas daquele amor, mas de alguma forma percebendo que estrumava terreno maninho, Ieda acabou por se render. Investiu-se de silêncio e abraçou outros sonhos, menos dúbios do que o homem com quem se casara, e mais estimulantes, a educação da filha, o magistério, mestrado, doutorado, programas culturais, viagens, e toda essa infinidade de coisas que as pessoas inventam para não caírem dentro de si, para não enlouquecerem.

Longas horas diante do computador, empacado, palavras mil vezes digitadas e deletadas, laudas inteiras impressas e destruídas. Vem dormir, Inácio, Ieda insistia, compadecida do meu tormento, e as noites amanheciam sem que eu tivesse avançado uma linha, dominado por uma míngua, um grande e árido sertão encruado em mim.

Com os períodos de esterilidade cada vez mais longos, o ceticismo quanto à minha vocação para a literatura acabou por se tornar incontornável. Apodrecido de incapacidade e fracasso, um sentimento que empesteava o mundo todo à minha volta, decidi largar tudo e voltar a Perdição.

9

Estávamos somente eu e papai. Damiana, na parte de trás da casa, certamente estaria a cozinhar, lavar louça, arear panelas, alvejar panos, lustrar o chão, passar roupas, alimentar animais, empenhada em alguma das tantas tarefas domésticas com que desperdiçava a vida. Eu me sentara à soleira da porta, e ele, no meio do pátio, tinha o olhar perdido no firmamento, um papel amassado de tons cambiantes, entre um cinza plúmbeo e um azul noturno.

O balido de cabras misturado ao som dos chocalhos perdia-se no estrondo dos trovões cada vez mais próximos. Aí vem chuva, papai anunciou, e não é chuvinha, não, é aguaceiro desacertado, tromba-d'água de arrebentar balde de açude, de destruir lavoura e matar bicho grande, veja aqui, Inácio, agora está para cá de Lagoa das Almas, logo mais desabará sobre nós.

Desde que eu retornara, só o ouvira falar sobre trivialidades, o clima, o nível da água no açude, os peixes, a florada, as abelhas, o mel, como se não estivéssemos acorrentados numa mesma história, a represa de ressentimentos a pairar sobre nós como a névoa baixa que naquele momento atufava as encostas, como se não fôssemos o filho e o pai do passado.

Não, ele não se esquecera de nada, assim como eu nunca me livrara das lembranças daquele dia, da imagem desfocada de mamãe abraçada a Ifigênia, limpando-lhe o sangue da face, consolando-a, consolando-se, perdoa teu pai, filha, as pessoas fazem coisas horríveis quando sentem medo – essa é a cena intransponível de uma vida, a que se inscreveu em minhas retinas, e que se pode ver sangrando ainda, à flor dos meus olhos.

Papai não voltou para dormir naquela noite, nem nas noites que se seguiram. Eu também não estava mais lá quando, passados alguns dias, ele entrou pela porta dos fundos, exalando álcool, e enfiou-se no quarto sem falar com ninguém. Mamãe esperou que acordasse e se banhasse, e tomasse um caldo de frango pelando, para só então lhe contar que tia Beá acolhera Ifigênia em sua casa.

De mim, não disse nada, porque a simples menção ao meu nome foi suficiente para que ele, socando a mesa, dissesse acabou, Adalgisa, acabou, Ifigênia e Inácio estão mortos, a partir de hoje não se fala mais nenhum desses nomes aqui nesta casa.

Mortos. Bem mortos. Maldição de pai tinha poder.

O vento veio na frente, num bramido terroroso, desarvorando coisas, alvoroçando animais, carregando no dorso o aroma da chuva, um bafo de pureza subido da terra. Ao chamado de Damiana, corri a socorrê-la no cerrar portas e janelas, espalhar baldes e bacias por todos os cômodos, apanhar roupas no varal.

No terreno atrás da casa, nimbos amontoavam-se sobre nossa cabeça, resvalando as copas das árvores. Os galhos, surrados pelo vento, abanavam-se, curvavam-se para um lado e para outro, rangiam, pelejavam para não ir ao chão, as folhas secas a bailar aos clarões dos relâmpagos. O galo clarinava como se o dia estivesse por nascer, e as galinhas, os patos e os perus espanejavam-se a caminho do poleiro nuns cocoricós e grasnados aflitos. Os roncos dos porcos e bacorins enchiqueirados misturavam-se aos mugidos solitários da vaca, ao relinchar de uma égua no pasto. Os pássaros abandonavam os ninhos no telhado – mamãe esperava a chuva limpar as calhas atulhadas de fezes e palhas de ninhos para só então recolher a boa água, a melhor de lavar o cabelo.

O estrondo das águas apanhou-nos absortos, cada um no seu refletir, na escuta do mundo de dentro e do de fora, a espocar e gemer e chorar. Olhei por uma frincha da janela, que o vento sacudia com força. Abaixada a cortina d'água, o dia escurecera sem a tarde terminar. Tentei acender uma lâmpada, mas a energia se fora. Voltei a sentar-me. No ar saturado de solidão, um súbito relâmpago, punhal agitado numa mão, desnudou-nos. Damiana, branca como a lua, bocejou estrepitosamente e fez o sinal da cruz. Papai, entregue a seus demônios, mantinha a cabeça derreada. As mãos, estropiadas do açoite e do acordeom, das páginas bíblicas e das colmeias, repousavam sobre o colo.

Vez em quando uma tosse seca o arrancava daquela apatia, sacudindo-o violentamente. Damiana corria a acudi-lo, e lhe batia de leve nas costas, e lhe erguia os braços, como se faz com as crianças. Depois lhe trazia o xarope de eucalipto, e lhe massageava o peito com unguento de cânfora, e lhe arrumava o cachecol em torno do pescoço, sem que ele articulasse um ai de queixa, um único gemido de reclamação.

Desaprendera de esbravejar, e, agora, falar qualquer coisa lhe custava muito, como se a língua lhe pesasse na boca, as palavras hauridas, esvaziadas de sentido, e mesmo as mais cotidianas pareciam sinalizar o último pedaço do caminho, o adeus – a irrelevância do verbo diante do fim.

Uma caixa velha de ferramentas à mão, papai gastava a maior parte do tempo em casa, montando e desmontando objetos imprestáveis, o carrilhão, um relógio de corrente, um gerador, uma bomba d'água, o rádio de baquelita, fios, válvulas, parafusos e molas à solta sobre a mesa. Às vezes, permanecia quieto, cofiando a barba, balançando-se em sua cadeira, ruminando a vida, ou simplesmente assistindo a programas de variedades e noticiários na tevê, o semblante vazio de qualquer expressão.

Agora adormecia facilmente, a qualquer hora do dia, numa preparação para o grande e definitivo sono. As noites insones tinham ficado para trás, e eu me indagava como conseguia dormir com tantas faltas a lhe caírem sobre o lombo – ah!, mas tu, pai, tu tinhas um Deus para te remir, a crença nas portas abertas de um paraíso acima de ti e de tua humanidade, onde te aninharias depois da morte, seguro, livre de toda culpa, enquanto eu tenho unicamente o inferno devorador da memória.

Um trovão reboou, estremecendo o piso sob nossos pés, ecoando pelos cômodos vazios da casa. Damiana foi lá dentro e voltou com uma lamparina e um lençol, com o qual recobriu o espelho, tornando a se esparramar no sofá. A chama bruxuleava, subia e descia, lançando nas paredes umas sombras sinistras. Levemente nauseado com o cheiro da fumaça de querosene, e embalado pelo som monocórdio dos pingos grossos no telhado, da água escoando nas biqueiras, de quando em quando eu escorregava no tapete macio de uma semiconsciência, os sentidos mais ou menos embotados, mas ainda sabedor de me encontrar ali, dividindo com papai e Damiana os espectros da noite invernosa, e quando um trovão ou o estalejar do vento nas janelas me erguia desses breves baques no sono, não sabia precisar quanto tempo se passara, se um segundo ou meia hora.

Num minuto daqueles, um roçagar de asas largas me arrebatou daquele estado, e ao abrir os olhos dei com Ifigênia à minha frente, envolta numa luz desbotada, um bebê nos braços, fitando-me com a mesma expressão de medo e perplexidade que flagrei em seus olhos na última vez que nos víramos – o olhar que me escoltou a vida inteira, que em olhos outros me tomava de assalto, ao dobrar uma esquina do *campus*, ao levantar a vista do jornal em algum balcão de café, e que, de dentro da floresta alucinada da memória, por onde vou abrindo picadas e clareiras, ainda hoje me alcança, ainda agora.

Ao me erguer, espantei-a, e ela, que num segundo antes estivera ao alcance das minhas mãos, dissipou-se, sombra dentro das sombras.

Talvez houvesse partido numa noite como aquela, em que a chuva e a treva tornam as pessoas mais conscientes do próprio abandono, em que as dores se mostram em toda a sua dureza e solidão.

Que lembranças obsedantes, que sentimentos caóticos teriam martirizado Ifigênia em seus últimos momentos, afastando-a do instinto mais primário, aquele que nos mantém ardentemente apegados à vida? Que terror obscuro, que força sombria a conduzira aos últimos gestos, o de laçar a corda no frechal, amarrá-la ao pescoço e chutar a cadeira que mantinha sob os pés, partindo o fio da própria vida, tomando a tesoura das mãos incrédulas da Terceira Moira?

Como poderia imaginar que sobreviveria a ela? Pois se tivéssemos de prever, de apontar um suicida em potencial, esse seria eu, hesitante, melancólico, atormentado pela covardia, humilhado pela própria existência, no todo improvável.

A morte de Ifigênia ia frontalmente de encontro à sua natureza, tão diversa da minha, forjada de outra fibra, como se não fôssemos filhos dos mesmos pais. Enquanto minha irmã amanhecia a toda hora, os olhos bem abertos para o dia, toda ela se bastando em impetuosidade e capacidade de resistência, eu descambava em noite e nevoeiro – quem de nós dois volta e meia se encarapitava no mais alto lajeiro de Perdição, embriagado de um desespero amorfo, da vontade de se atirar de lá?

Existir não era uma escolha; deixar de existir, sim. Um dia, em sala de aula, afirmei que o suicídio opunha-se à natureza humana, à natureza de qualquer ser vivo, e uma aluna calou-me dizendo se o senhor pudesse sentir, só por alguns instantes, o que as pessoas que se matam sentem, pensaria de outra forma.

É verdade que cada vez que alguém que amamos ou que apenas conhecemos se mata, somos quase sempre tentados a buscar compreensão onde ela não pode existir, no silêncio do morto, em sua subjetividade. Contudo, tinha de reconhecer que, embora imprevisível, a opção pela morte em nada separava Ifigênia de si mesma, o derradeiro ato coerente com o que lhe fora essencial, a coragem.

Diferente de mim, que mal suportava as punições mais brandas, como bofetes, puxões de orelha e safanões, e que, amofinado, chorava minhas cicatrizes à luz do dia, ela não chiava se os grãos de milho lhe rasgavam os joelhos, nem escoiceava quando, rês no mourão, a corda de urtiga lhe bordava o lombo, uns vergões que ao final do corretivo mamãe cobria com cânfora e lágrimas. Se papai não media o alcance da sua demência, Ifigênia tampouco se rendia.

Só pode existir alguma coisa muito errada com essa menina, mamãe se lastimava entre um e outro resmungo de um mau pressentimento, e rogava a intercessão das doze legiões de anjos em benefício da filha, seguida de vovó Doninha, que, lamentando a dificuldade de lidar com Ifigênia, batia o martelo, é caso perdido.

O certo é que nunca conseguiriam civilizá-la. Cada vez que aceitava um convite para brincar com outras crianças, retornava para casa como se vinda de uma guerra, placas vermelhas no rosto, rasgos na pele, maçarocas de cabelos nas mãos. De quando em quando, engalfinhava-se comigo também, e me pegava de jeito. Embora fosse mais nova, tinha alguns centímetros a mais do que eu, além da mão segura para socos, tanto que eu tinha de lutar arduamente para me proteger e ao mesmo tempo não machucá-la.

Rejeitou todas as escolas. A rural, que ficava a menos de dois quilômetros da nossa casa, onde cursamos o fundamental, antigo primário, e também as do vilarejo. Dispersa, de alma buliçosa, de um desassossego que incomodava professores e alunos, Ifigênia não assimilava as aulas, ou simplesmente não se esforçava em aprender coisas que considerava desimportantes. Somente mamãe, munida de uma suprema paciência, foi capaz de alfabetizá-la parcamente.

Por que te recusas a aprender a ler, Ifigênia? E ela dizia, estalando a língua, num muxoxo de desdém, lê tu, Inácio, eu tenho mais o que fazer – sábia irmã, nem viver nem sonhar requeriam o saber das letras.

Por volta dos onze, doze anos, viu-se obrigada por papai a descer a serra duas vezes por semana para assistir às aulas de catecismo com o mesmo padre que alguns anos antes enfronhara a mim e a Teresa nas ciências da primeira eucaristia.

Naquela empreitada tardia – àquela época, a idade média para a primeira comunhão era sete anos – de preparar Ifigênia para receber Jesus Cristo no banquete do pão da vida e do cálice da salvação, papai, receando que ela desse um jeito de escapar do catequista, acompanhava a filha à Casa Paroquial e a aguardava pacientemente, sentado do lado de fora, confiante de que os ensinamentos eucarísticos a brindariam com um pouco do tino que muito lhe faltava.

O que é Deus, mãe?, passou a indagar dia e noite, desapontada com as respostas que o padre lhe dava, maçando mamãe, que tampouco encontrava uma resposta que satisfizesse Ifigênia. Por que não sossegas com o que não podes alcançar, menina?

Inconformada, Ifigênia renitia, diz, mãe, numa palavra grande, do tamanho de Deus, e eu sossegarei, e mamãe, na mansidão, mas, filha, grandeza e mistério não cabem em palavra nenhuma; Deus não deu a palavra ao homem para explicá-Lo; a palavra não explica ao homem o próprio homem.

Deus eram decretos e ordenanças, dogmas, punições exemplares – cidades arruinadas, terras desoladas, pragas de toda espécie, apedrejamentos, olhos e dentes arrancados, degolas, pena de morte aos filhos desobedientes. Nada em Deus era suave. Nada em Deus era preciso. Todavia, tudo provinha de Deus e em seu nome se cumpria. As secas, as chuvas, as devastações das enchentes, a condenação das lavouras, a abundância das safras, a prenhez dos animais, o amojo das fêmeas, a sustança das crias, as pestes de carbúnculos, bernes e bicheiras nos rebanhos, os nascimentos e mortes de gente.

No respeito cevado pelo medo, Deus, o Filho de Deus, o Espírito Santo, a paixão de Cristo – oh, Pai, por que me abandonaste? –, a ressurreição, os dez mandamentos, o pecado original, herança maldita de Adão e Eva, os irrelevantes veniais, e os mortais, de condenação perpétua, o céu, o purgatório, o inferno, todos os mistérios sagrados, enfim, tudo que se fazia aceitação absoluta da lei divina através da palavra do meu pai, e que engendrava em mim uma espécie de fé pela obediência, esvaiu-se de pronto numa noite de horas famintas, marcadas por passos sorrateiros, pelo pulsar de corpos, insuspeitado templo de danação, em que meu sono de garoto restou para sempre acordado.

Dentes trincados, uma picareta a me devastar o peito, e na parede da sala às escuras o Sagrado Coração de Jesus, rosa rubra de paixão e espanto, ardia em carne viva, sangrando um lamento que escorria pelos cômodos da casa, das lajotas do chão à cumeeira, num rastro de assombro encarnado.

No dia da primeira eucaristia de Ifigênia, mamãe a vestiu numa túnica branca, em vermelho o monograma PX bordado no peito, o torçal circundando-lhe a cintura, calçou-lhe sapatos de verniz e, com marrafas, prendeu-lhe na cabeça de cachos uma mantilha de renda, que noutros tempos e noutras cerimônias religiosas adornara os cabelos de tia Florinda, tia Beá e vovó Doninha, de avoengas mulheres da família de papai.

Entrou na igreja solenemente, segurando na mão direita um missal, presente de tia Beá, sua madrinha de batismo, e uma vela branca acesa entre os dedos da esquerda. Uma pequena vestal, uma noiva impúbere, trêmula de pureza e jejum, caminhando em direção a um esposo que não escolhera para si, de natureza insondável, grande demais, poderoso demais, desmedido à estreiteza da sua humanidade, aos limites da sua compreensão.

Estávamos lá, em nossas melhores roupas, papai envergando um terno branco e mal-ajambrado, do tempo em que os botões alcançavam as casas, mamãe calçada em meias finas e sapatos de salto, as orelhas engalanadas com brincos de pérola e ouro, todos ajoelhados e de mãos postas, embalados por um canto seráfico entoado pelas Filhas de Maria, a igreja lotada de fiéis embriagados de fé e incenso, quando Ifigênia, a testa ungida em cruz, cuspiu o corpo de Cristo umedecido de vinho e saliva na palma da própria mão e, sem hesitar, diante da surpresa de todos, estendeu-a para o sacerdote, recusando com a cabeça, e no mesmo instante seu corpo vergou como um galho tenro, e ela foi se desmilinguindo até toda a brancura entornar ao chão.

Debaixo do murmúrio de indignação dos presentes, papai arrastou-a da nave ao adro da igreja, espumando pelos cantos da boca e rosnando sem parar satanás, satanás, cão preto dos infernos, como te atreves a renegar Jesus?, ao passo que nós, testemunhas da fúria do homem que, sendo nosso pai, era igualmente nosso carrasco, seguíamos atrás, tropeçando no pânico, atarantados de incompreensão, por que Ifigênia fizera aquilo, por quê?, e mamãe, a voz num fiapo de esperança, volta lá, filha, volta e pede perdão por tua blasfêmia.

Retornamos para casa num silêncio longo e travoso, com papai marchando à frente, as costas rígidas de tensão, as mãos intimidantes escondidas nos bolsos da calça, e mamãe logo atrás, fungando, vez em quando voltando para nós o rosto franzido e o olhar de mártir, aflita por não saber como salvar a filha que ofendera perigosamente a ambos os pais, o do Céu e o da Terra, condenando-se a um inferno antes da morte, todos os demônios concentrados na cólera e abrutalhamento de um só homem.

Somente Ifigênia aparentava serenidade, como se não se desse conta da gravidade do seu ato nem se importasse com o castigo que lhe seria infligido, de proporções, nenhum de nós duvidava, nem um pouco razoáveis. As coisas iriam ficar bem desgraçadas para o lado dela, isso era tão certo quanto o nascer e o morrer dos dias. Por menos, papai lhe daria uma surra de esmagar os ossos, e já me ardiam os couros por ela, e me esfriava o coração.

Eu a observava, mais pasmo do que penalizado, como se Ifigênia não fosse a irmã de todos os dias com quem eu brincava, brigava, partilhava fantasias, e de quem naquele momento me chegavam tão somente umas lembranças esgarçadas. Quem seria aquela garota de pele tostada de sol, rosto forte, boca de lábios atrevidos, olhos rasgados, fimbriados por longos e espessos cílios, que caminhava ao meu lado com pernas determinadas, que a toda hora me deslocava do meu eixo, fazendo com que eu me sentisse ainda mais sozinho? Pois em alguma região do seu mundo de dentro devia vibrar a estranheza daquela outra que me atirava no meio de um rio gelado, onde não dava pé, a água a me entrar aos borbotões goela abaixo.

Desinquietava do mesmo modo as pessoas que eventualmente nos visitavam ou que deitavam os olhos nela, quando íamos à missa, ao comércio, às festas no vilarejo, porque havia em Ifigênia algo que se revelava à sua simples presença, a essência voraz que ela não se preocupava em disfarçar. Era como estar diante de uma onça amansada, caseira, mas, ainda e sempre, onça.

Papai trancafiou-a num dos quartos, em completo isolamento, e sob sua vigilância quase que de forma permanente exigiu-lhe orações, jejuns e o mais absoluto silêncio durante uma semana, como se a filha se guardasse num claustro, exercitando-se para alcançar a condição de santa.

Desmaiou no meio da manhã do quarto dia, e o flagelo teve que ser interrompido.

Por quê, Ifigênia?, indaguei-lhe no primeiro momento em que estivemos sozinhos, logo depois que se livrou do castigo e se alimentou debaixo do olhar amoroso de mamãe, sentada no chão da cozinha, as pernas dobradas contra o peito, o prato apoiado nos joelhos – só se sentava à mesa quando papai se encontrava em casa –, e ela respondeu-me no modo desconcertantemente assertivo, a bem dizer, rude, que lhe era próprio, porque não acho jeito de crer nessas coisas bestas, Inácio, e se porventura existir mesmo esse deus, ele deve estar se escangalhando de rir do rebanho de bobos que botou no mundo.

Como podes desacreditar, Ifigênia?, e ela, num risinho de deboche, macaqueava, como podes desacreditar, Ifigênia? Ora, Inácio, cansei-me de procurar esse deus que dizem estar em todo lugar e a toda hora, mas que estranhamente se esconde de nós, mantendo-se distante de nossas vistas, por acaso seremos todos cegos?

Perguntava-me em que dureza de mundo ia apanhar aquelas palavras que me escoriavam os ouvidos e marravam dentro de mim, porquanto o que ela chamava de coisas bestas era a nossa primeira e única realidade todas as horas do dia, sem espaço para escolhas ou questionamentos. Não se tratava de fé, e sim de um sentimento que já não consigo definir, que nem mesmo àquele tempo conseguiria, em que a percepção do sagrado fundamentava-se na figura do meu pai.

Então, era com horror e admiração, com uma quase reverência, que eu enxergava aquele desassombro de Ifigênia, o pensamento livre, a firmeza em se manter fiel ao que lampejava dentro dela, e que, luz de paraíso ou chama de inferno, sol de ouro ou língua de fogo, irradiava aqui fora, deitando em mim uns raios amolados que me laceravam a alma e me punham na boca um gosto de sangue.

Deus há de nos redimir, Ifigênia, e ela, não carecemos de Deus, Inácio, já temos um pai para nos condenar.

Por que não fui com ela, ou em seu lugar? Teria a minha dor sido menor? Pois de dentro da cômoda, do fundo de uma gaveta, enrolada numa camisa, a pistola 38, comprada em algum raro momento de bravura, sussurrava-me que a morte era misericordiosa, uma bala bem no meio do peito e tudo estaria fatalmente acabado, nenhum pensamento, nenhuma lembrança, nenhuma culpa, apenas silêncio e imobilidade.

Da cômoda às minhas mãos, a pistola ia e vinha, e eu chegava a deslizar o cano sobre o coração, a roçá-lo nas têmporas, a remanchar o dedo trêmulo no gatilho, a fechar os olhos e imaginar o estampido, a quase sentir o cheiro bruto de sangue, mas a vida, como um tumor secreto, grudava-se em minha carne, e o certeiro, o definitivo gesto era mais uma vez adiado.

De outro lado, distante de Perdição, a vida me convocava, e eu ia acedendo a ela, à mais banal, à mais mesquinha, vulnerável aos apelos mundanos, contaminado pelos estímulos das ruas, comportamento de todo condizente com meu feitio pusilânime.

Não, ninguém precisou me convencer de nada, fui eu mesmo quem me disse que não havia o que fazer senão seguir em frente. O fato é que eu não estava junto de Ifigênia para impedir que abreviasse seus dias, que se retirasse da vida, que fosse gritar e bater as asas, pousar sua alma-pássaro, desonerada da lancinante humanidade, num galho de maçaranduba de algum insuspeitado mundo. Não estava lá para salvá-la. E salvar-me.

10

Uma coisa é a noção de morte como algo que existe sem existir, visto que não conseguimos enxergá-la na zona indistinta onde nos espera, algum vazio à nossa frente, e quase nunca nos lembramos dela, nem sabemos quando vai nos alcançar, embora comecemos a morrer tão cedo. Felizmente, quando isso acontece por inteiro, não somos nós a nos importar com ela.

Outra coisa é defrontar-se com a morte, assistir a ela em sua definitividade e frieza, deixar-se tocar por uma mão ossuda, de dedos calejados e pele engelhada, a mão de um pai que se vai sem nunca ter chegado, e que ainda assim vai prematuramente.

Quem, dentre os vivos, está preparado para partir? Quem, dentre os amantes, mesmo os desprezados, está pronto para ser deixado?

Não me recordo de meu pai deitado em nenhuma circunstância, nem por repouso nem por doença, que em seu quarto não podíamos entrar, a não ser por chamado de mamãe, se ali se encontrasse sozinha. Verdade que o vi, uma única vez, estendido no piso da nossa sala, não por vontade própria, mas por força das minhas mãos.

Ali estava, espichado na cama que partilhara com mamãe por mais de quarenta anos, no descanso do sono e nos agrados do corpo, olhos cerrados, ou semicerrados, os braços ao longo do corpo que encolhera consideravelmente, uma arrumação de pele frouxa sobre ossos e veias saltadas. Se quisesse, poderia contemplá-lo por um tempo ilimitado, sem nenhum pudor, como nunca fizera antes, mas aquele homem de cabelos brancos e ralos, uma mecha sobre a testa ensebada, de sobrancelhas ouriçadas, lábios de talho, faces encovadas, orelhas cobertas de pelos, aquele pai de trapo já não era o da minha infância, já não merecia a minha atenção.

De quando em quando abria os olhos subitamente e fitava a mim e a Damiana com a estranheza de um sonâmbulo, como se não nos identificasse, ou nos enxergasse desfocados. Às vezes era tomado por um acesso de tosse, e quando sossegava podíamos ouvir um chiado de fole, um borbulhar que vinha de dentro dele, dos pulmões encharcados. Afogava-se em si mesmo – o que há no fundo das pessoas senão um caudal de culpa e solidão?

Perdoa teu pai, Inácio, Damiana rogava-me de tempos em tempos, um murmúrio entre os mistérios de um terço, não é culpa de teu pai se o menino não vingou, se o juízo de Ifigênia enfraqueceu-se e ela acabou tirando a própria vida.

Mamãe me assegurara que o bebê nascera vivo, e diferentemente de Felinto, sem nenhuma malformação aparente, que Ifigênia chegara a embalá-lo nos braços, a amamentá-lo antes que lhe fosse tomado. Pois o mistério daquela vida de poucas horas, que não chegara a tocar na minha, carregava em si o nosso estigma, a memória mais funda de mim.

Perdoa teu pai, Inácio! O que te custa esse consolo ao homem que te deu a vida?

Quem ali, com efeito, merecia ser consolado? Quem padecera o amor negado, a ojeriza indisfarçada, a rejeição que beirava a crueldade? Quem me voltara as costas, escavando em meu corpo a grande falta, um vão onde se acomodavam as costelas quebradas numa surra que passadas mais de três décadas ainda me doía? Por que me compadeceria daquele pai que, tendo me concedido a vida, ainda que por mero acaso, propositadamente a arrancara de mim, atraiçoando-me, empurrando-me na cova, se tudo que me destinara fora aquele vazio, aquele oco arraigado entre o peito e as costas, uma vida inteira à mercê daquele sentimento de vulnerabilidade, a sensação de, mesmo estando vestido decentemente e ser olhado com respeito pelo mundo, só eu saber que há buracos nas solas dos meus sapatos?

Em pouco tempo meu pai estaria morto, em alguns minutos, o mais tardar em algumas horas, e eu não lhe perguntara por quê, não lhe fizera a pergunta de uma vida inteira, a que fiz ao tempo e à memória, e que em resposta arremedavam-me, por quê, por quê?

Damiana iludia-se. Recusava-se a enxergar o Joaquim Boaventura de toda uma vida, aquele que estando por morrer não deixava de ser quem era, entregue a si mesmo, pouco se lhe dando o meu perdão ou coisa que o valha. Se não carecera dele para viver, de que lhe valeria na morte? E se não partira ainda, não fora por ausência de perdão ou do que quer que seja, mas sim porque ela, a morte, senhora de todo o tempo do mundo, bem sentada na eternidade, não se decidira – papai trapaceara com a vida, mas a morte, ah!, essa ele não podia engambelar. Ela saberia a hora certa de abaixar a foice.

Podia assegurar que não lhe importava nem mesmo a indulgência do Deus que cultivara durante toda a vida – o padre acabara de sair, depois de ter lhe dito que não temesse o Juízo Final, que nada receasse, porque no Céu havia muitas moradas, e a morte não estava separada da vida, o princípio no fim, recitando as palavras piedosas de uma extrema-unção e espirrando água benta sobre o corpo.

Nenhum verbo bastaria para apaziguar a alma daquele Agamêmnon, o nome do Senhor tomado em vão. Ninguém podia salvá-lo, nem ele mesmo. Pois não se fazia necessário esquecer para alcançar a paz? Onde o esquecimento?

Suspenso no território indeterminado entre a vida e a morte, não interessavam a papai nem as lágrimas nem as preces de Damiana, tampouco o lenitivo do meu perdão, e muito menos o palavrório sacerdotal.

Nele, o espírito era um fio tênue gemendo sob o fardo da imensa carne, e a vida, ah!, a vida fluía ainda, mel de perdição, a memória do corpo da mulher amada gravada na língua, tatuada nas mãos convulsas – na véspera, Damiana entregara-me um punhado de papéis amarelados, onde papai declarava seu fervor pelo corpo de tia Florinda, o corpo amado que recendia às colinas enfloradas de não-te-esqueças-de-mim. Minha irmã e minha noiva, como nos cânticos salomônicos. Pássaros de perdição. E os versos poderiam ser meus.

Concentrado no pavor que fermentava em suas entranhas, às vezes arregalava os olhos e balbuciava umas frases desprovidas de sentido, numa voz engrolada que parecia tomada de empréstimo, a boca cheia de língua, como se falasse de dentro de um sonho – que pensamentos assaltarão um homem no momento da sua morte?

Mas logo recuperava a clareza da palavra e dava-nos ordens, que eu parasse de remanchar e fosse logo levar farelo para a vaca, que mamãe lhe trouxesse os chinelos e o copo d'água fria, e Damiana parasse já com aquela cantilena medonha, que Felinto não se metesse a besta e tratasse de tanger o burro para a aguada, os mandos decretados em alto e bom som, em gestos enfáticos – morria, mas não abaixava a crista –, ou sussurrava repetidamente o nome de tia Florinda, o olhar subitamente suavizado, fixado num ponto vazio do aposento.

Uma única vez firmou em mim o olhar intenso, milagrosamente preservado em meio aos estragos que a vida entalhara em seu corpo, e que, mesmo àquele instante, traía ainda desapontamento e desdém, um quê de perplexidade na boca meio aberta. Talvez quisesse me dizer algo, pôr à minha guarda o perigo de certas palavras, a confissão da sua loucura. Ou eu me enganava, e aquele olhar revelava apenas mais uma determinação, a da sua última vontade?

Nem naquele estado tinha uma postura de submissão, no mínimo, de humildade, nem no leito de morte era capaz de reconhecer os equívocos, mesmo que isso significasse chorar sobre o leite derramado, de rogar uma conciliação, ainda que atardada, uma ternura que fosse, qualquer coisa que longinquamente lembrasse um pedido de perdão.

Um desconcerto que me era igualmente dor e náusea me fez abaixar os olhos para o peito atrofiado do meu pai, que subia e descia, aos arrancos, como se uma rocha imensa o amassasse, impedindo a passagem de ar. Podia sentir, quase ouvir, o batuque do sangue a estrugir em minhas veias, nos ouvidos, no coração. Afastei-me para me recompor.

O pátio parecia banhado por uma luz sobrenatural, como se um querubim, atravessando-se entre o sol e os lajedos de Perdição, estendesse as quatro asas sobre a manhã nascente.

Fumei um cigarro, e mais outro, e ainda outro, a boca amarga e quente, a garganta espinhosa. Como podia ser filho daquele pai? À mercê dos meus cuidados e dos de Damiana, à beira da morte, seu olhar de cipó e corda ainda me flagelava, ainda fazia o meu deitar-se ao chão.

Morria meu pai, e minha infância não morria.

Os olhos nublados de água e fumaça, peguei-me chorando, desfeito em soluços de menino, as lágrimas densas e fartas, brasas que me queimavam os olhos e ardiam em minhas faces, sem que eu fosse capaz de evitá-las – onde se ocultava, pai, o teu Deus caridoso, disposto a enxugar as lágrimas de todos os homens?

Se pudesse me ver, mamãe diria que chorar enobrece a alma, que até Jesus Cristo, ao ser traído, do alto da sua grandeza, chorara, e que só os que amam traem e são traídos. Seria amor aquele duro amálgama de ressentimento, raiva, culpa e compaixão, aquela dor vergonhosa, aquela tristeza que me ensopava os olhos repugnados?

Eu só queria a graça de esquecer. Era pedir demais?

Tornei ao quarto abafado, asfixiado de morte. Uma fraqueza repentina bambeou-me as pernas. Damiana tocou-me a testa que pegava fogo. Tomado por uns calafrios e uma sonolência que há muito não sentia, arriei na cadeira ao pé da cama e adormeci. Sonhei outra vez com um daqueles animais de bestiário, uma mistura de ave e felino, plumas e pelagem mosqueada, cauda e asas gigantescas, um bico curvo que principiava no focinho e vinha varrer o chão, os olhos dourados cravados em minha nuca, a me seguir silenciosa e tenazmente por uma estrada de terra margeada por árvores de troncos retorcidos e galhos desfolhados, a cantiga de um arroio, sinal de salvação, chegando-me de longe.

Acordei no sobressalto com um ai, meu Deus, berrado por Damiana. Papai sentara-se na cama, visivelmente inquieto, os braços estendidos para a frente, os olhos acesos de uma chama que eu conhecia bem – estaria a delirar com a visão de um enxame? –, um esboço de sorriso nos cantos da boca afundada.

Damiana não parava de fazer o sinal da cruz e de bodejar, oh, Inácio, pois não é que teu pai está vendo Florinda? Bem ali, veja, e agitava a mão alarmada na direção da penteadeira, como se a estivesse vendo também, a coitadinha, mesmo morta continua prisioneira desse amor maldito que lhe apodreceu o tino, mas agora, Deus que me perdoe, a morte não haverá de separá-los como fez a vida, mesmo que para isso tenham que arder toda uma eternidade no inferno.

Esgotado, papai desabou na cama, os olhos outra vez apagados, a respiração entrecortada, o peito a estufar e a murchar, a vida por um fio. Quanto ainda demoraria para se ir? Quanto levaria um pai para morrer?

Logo mais Joaquim Boaventura seria apenas um corpo frio e enrijecido, uma fotografia no túmulo, um nome mencionado aqui e acolá, até que dele não se tivesse mais nenhuma lembrança e seus descendentes se perguntassem de quem seria aquele rosto empertigado na moldura, e se alguém, inocente da fragilidade da vida e da memória, viesse a tocar o retrato com a ponta dos dedos, a imagem do meu pai, assim como seu corpo, viraria pó.

Todavia, até que eu também desaparecesse, ou por alguma razão perdesse a consciência de mim mesmo, meu pai arderia ainda em mim, e com a sua morte um tanto de mim morria também, outros tantos já enterrados com mamãe e Ifigênia.

Perdoa teu pai, Inácio, Damiana rogava ainda, não convicta da impossibilidade do meu perdão, o que te custa? Custava-me muito. Custava-me uma vida e uma morte, e uma raiva inteira.

Se ao menos eu tivesse a certeza de que de um gesto ou de uma palavra pudesse me nascer a paz, de que a complacência com o homem que tripudiara da minha condição de filho me reconciliaria comigo mesmo, sim, teria deposto as armas e tentado, toma o meu perdão, pai, por eu não ter conseguido agradar-te, por não ter conseguido me fazer amar por ti, e na falta desse amor, por teres calejado os meus olhos com o teu olhar de indissimulável desprezo, e me negligenciado, e me punido com o furor do teu açoite, toma o meu perdão, pai, por tuas noites espúrias que caíram sobre mim com a violência de um raio, partindo-me ao meio, esbandalhando-me, tresloucando-me, se tu podias, por que não eu? Se é certo que me apartaste de minha irmã e lhe arrancaste o recém-nascido dos seios plenos de leite, se deixaste vir ao mundo o teu bastardo Felinto e negaste a Ifigênia a vida ao lado do filho, do nosso filho, deflagrando assim a sua morte, devo reconhecer que ela começou a se matar muito antes, desde o momento em que percebeu a inutilidade da espera, em que se convenceu de que eu não voltaria. Pois assim, sem uma palavra, sem um gesto, precisamente pela omissão, também se derrota a vida de uma pessoa. Esquece o perdão, pai. Não existe perdão para nós. Se eu criasse uma palavra de mel, a mais doce e iluminada entre todas as palavras, ela tremeria diante de nós e viraria o rosto, e se sentiria miserável por ser incapaz de nos tocar com o seu amor, e tombaria triste por não conseguir nos absolver em nosso destino de perdição.

Damiana não viu quando uma baba rosada aflorou em um dos cantos da boca de papai e avançou devagar pelo queixo e pelas pregas do pescoço, detendo-se no pomo de adão. Dormia a sono solto, a boca aberta, uns vazios negros no lugar dos molares, ressonando alto como um homem, o *Adoremus*, legado de mamãe, caído do colo.

Não houve um último suspiro, mas uma sufocação, um ronco estranho que parecia vir de suas profundezas, estertores de uma fera amedrontada que via a vida se desmanchar através dos olhos escancarados de papai.

Toquei o cadáver com dedos incrédulos, o tempo parado nas pedras dos olhos. Abaixei-lhe as pálpebras. Um canto de galo ressoou por cima de Perdição e veio cair dentro de mim, o ventre triste de esporões a se arrastar em meu peito. A morte era, de longe, a coisa mais estúpida do mundo.

Lá fora o dia anunciava-se vagarosamente, o céu baixo a se descortinar aos pedaços, tingindo-se em matizes pálidos, roseando-se rente às encostas, como se a manhã brotasse do chão, um rumor de pios e asas a invadir a mata úmida de sereno.

Este livro, composto com tipografia Electra
e diagramado pela Alaúde Editorial Limitada,
foi impresso em papel Lux Cream 70 gramas
pela Bartira Gráfica no octogésimo quarto ano da
publicação de *Menino de engenho*, de José Lins
do Rego. São Paulo, agosto de dois mil e dezesseis.